A MAIS BELA DE TODAS

Obras da autora publicadas pela Galera Record:

Série Era outra vez

A mais bela de todas
Se o sapatinho servir
Tudo ou nada
A festa dos sonhos
Um dia embaraçado
Frio congelante

10 coisas que nós fizemos (e provavelmente não deveríamos)
Feitiços e sutiãs
Sapos e beijos
Férias e encantos
Festas e poções
Me liga

Era outra vez

A MAIS BELA DE TODAS

Sarah Mlynowski
autora de *Me liga*

Tradução de
MARIA P. DE LIMA

8ª edição

— **Galera** —
RIO DE JANEIRO
2023

CIP-BRASIL. CATALOGAÇÃO NA FONTE
SINDICATO NACIONAL DOS EDITORES DE LIVROS, RJ

M681m Mlynowski, Sarah
8ª ed. A mais bela de todas / Sarah Mlynowski; tradução Maria P. de Lima.
— 8ª ed. — Rio de Janeiro: Galera Record, 2023.
(Era outra vez)

Tradução de: Fairest of all
ISBN 978-85-01-40111-3

1. Ficção infantojuvenil americana. I. Lima, Maria P. de. II. Título.
III. Série.

14-13265

CDD: 028.5
CDU: 087.5

Título original em inglês:
FAIREST OF ALL

Copyright © 2012 by Sarah Mlynowski

Publicado originalmente por Scholastic Inc.

SCHOLASTIC e logos associados são marcas e/ou marcas registradas de Scholastic Inc.

Todos os direitos reservados. Proibida a reprodução, no todo ou em parte, através de quaisquer meios. Os direitos morais do autor foram assegurados.

Texto revisado segundo o Acordo Ortográfico da Língua Portuguesa de 1990.

Direitos exclusivos de publicação em língua portuguesa somente para o Brasil adquiridos pela
EDITORA RECORD LTDA.
Rua Argentina, 171 – Rio de Janeiro, RJ – 20921-380 – Tel.: (21) 2585-2000, que se reserva a propriedade literária desta tradução.

Impresso no Brasil

ISBN 978-85-01-40111-3

Seja um leitor preferencial Record.
Cadastre-se em www.record.com.br e receba informações sobre nossos lançamentos e nossas promoções.

Atendimento e venda direta ao leitor
sac@record.com.br

Para Jessica Braun,
p.s. leia! (sempre!)

Prólogo

Isso não é uma piada

Era uma vez minha vida normal.
Então o espelho do porão nos engoliu.

Acha que estou de brincadeira? Acha que inventei isso tudo? Acha, né?

Você deve estar pensando: "Hum, Abby, espelhos normalmente não saem por aí engolindo pessoas. Espelhos só ficam pendurados nas paredes e refletem coisas."

Bem, você está errado. Muito, muito ERRADO.

Tudo o que vou contar é a mais pura verdade, e nada além da verdade. Não estou inventando nada. Não sou mentirosa nem o tipo de maluca que pensa estar dizendo a verdade, mas no fundo não está. Na verdade, sou uma pessoa bastante racional. E justa também. Preciso ser justa, pois serei juíza quando crescer. Bem, primeiro vou ser advogada, aí me tornarei juíza. Porque primeiro é preciso advogar. É assim que funciona.

Mas é isso. Sou uma menina de 10 anos extremamente racional, extremamente prática e totalmente não maluca que viu a própria vida ficar bem frenética depois que os pais a obrigaram a se mudar para Smithville.

Ainda não acredita em mim? Vai acreditar quando souber dos fatos. Vai acreditar quando souber de toda a história.

Deixe-me começar do começo.

Capítulo um

O começo

Quando toca o sinal do recreio, as crianças da minha turma do quinto ano resolvem que querem brincar de pique-pega. Batemos *uni-duni-tê*, e, sabe-se lá como, o pique começa comigo. A garota nova. Que legal.

Só que não.

Cubro os olhos para dar às demais crianças uns dez segundos de vantagem (tá bom, cinco), então corro em direção à cerca. Logo avisto Penny, que é muito alta. Bem, mais alta que eu, pelo menos. E também usa um casaco de moletom de um tom alaranjado bem vivo, então é difícil não notá-la. Não sei os nomes de todas as crianças, mas o de Penny é fácil de lembrar pois ela sempre usa o rabo de cavalo bem no alto da cabeça e, por causa disso, fica parecendo um pônei. Penny Pônei. Penny Pônei. Penny Pônei.

Eu corro e dou um tapinha no cotovelo dela.

— Tá com você, Penny Pônei! Quero dizer, Penny.

Ela me olha de um jeito esquisito.

— Hum, não. Estou congelada.

Hein? Não está tão frio assim. Além do mais, o casaco alaranjado parece bem quente.

— Como é? — pergunto.

Penny enruga a testa.

— Você me pegou. Estou congelada.

— Nãããããão — digo devagar. — Tava comigo. Eu peguei *você*, então agora tá com *você*. Agora você tem que pegar alguém para que seja a vez dessa pessoa. É por isso que a brincadeira se chama pique-pega. — Eu pisco.

— Quem começa tem que pegar *todo mundo* — diz Penny. O tom dela sugere que sabe muito mais sobre pique-pega do que eu, e meu rosto ferve. Porque ela não sabe mais do que eu. — Quando você é pego, você congela, e a última pessoa pega é a próxima a pegar. Chama-se pique-*congela*. Entendeu?

A última pessoa a ser pega? Se você é o último a ser pego, significa que é o melhor. Se é o melhor, deve fazer uma dancinha feliz enquanto os outros jogam confete sobre sua cabeça. Ser o pegador não é bom porque você não vai ser recompensado.

Sinto um aperto no peito. Se eu tiver que pegar (ou congelar) cada um dos alunos do quinto ano, essa brincadeira vai ser muito, muito, MUITO demorada.

O que acontece. Estou tentando começar do zero, tentando ser flexível em relação a minha nova escola.

Mas como isso vai ser possível se as pessoas aqui fazem TUDO errado?

Permitam-me apresentar meu caso:

1) Todos em Smithville chamam Coca-Cola, Pepsi e Fanta de *soda*. Ridículo, certo? *Refrigerante* é tão melhor. *Refri, refri, refri*. Quando você toma Coca-Cola você se refresca. Ela não derrete sua língua.
2) As pessoas aqui não sabem fazer sanduíche de manteiga de amendoim com banana. A maneira correta é cortando a banana verticalmente para depois pressionar as fatias, uma a uma, na manteiga de amendoim; de preferência sem fazer sujeira e linearmente. Mas as crianças da minha nova escola amassam as bananas, misturam uma colher de manteiga de amendoim às bananas amassadas e depois espalham aquela porcaria grudenta no pão. Céus, por que fariam uma coisa dessas?
3) Agora, para completar, em vez de pique-pega, elas querem brincar de "Uhhhh, todos seremos estátuas congeladas enquanto Abby dá voltas e mais voltas e mais voltas e mais voltas".

Senhoras e senhores do júri:
Eu não quero chamar refrigerante de *soda*.
Eu não quero comer meleca de banana.
Eu não quero começar pegando ninguém.

— Tenho certeza de que brinco do jeito certo — digo, sentindo a garganta fechar. Estou certa. Sei que estou.

— Não — declara ela. — Estou congelada. E é melhor você ir logo ou vai ficar ainda mais difícil.

Lágrimas fazem meus olhos arderem. Não quero que as coisas fiquem mais difíceis. Quero que as coisas sejam como eram. Normais!

— Não, obrigada — digo num tom cuidadoso que serve para conter as lágrimas, mas que pode ter feito com que eu parecesse meio covarde. Ou afetada. Ou mimada e malcriada. Provavelmente.

— Está desistindo? — pergunta Penny. Ela ergue as sobrancelhas. — Só porque não é do seu jeito?

— Não! Estou apenas... cansada!

Nem é mentira. Estou *mesmo* cansada. Cansada de tudo ser diferente. Por que as coisas não podem ser como antes?

Caminho até a Srta. Goldman, a professora de plantão no recreio, e pergunto se posso ir até a biblioteca.

— Está falando da sala de entretenimento, querida? — pergunta ela.

Eu me sinto ainda menor. Nem mesmo a biblioteca é chamada de biblioteca por aqui?

Mas assim que entro na *sala de entretenimento*, o mundo fica um pouquinho melhor. Respiro fundo. *Ahhhh.*

Talvez em Smithville uma sala cheia de livros seja conhecida como sala de entretenimento, mas tem o mesmo cheiro da biblioteca da minha antiga escola normal. Mofo. Poeira. E papel.

Os livros nas prateleiras da biblioteca da escola — sala de entretenimento, *argh* — são livros que reconheço. São livros que já devorei muitas vezes. Muitas e *muitas* vezes.

Meus ombros relaxam de alívio porque... Quer saber? Independentemente do número de vezes que esses livros são lidos, suas histórias não mudam.

Herdei esse amor pelos livros da minha avó. Ela costumava ler para mim o tempo todo. É professora de literatura na universidade de Chicago, o lugar normal onde costumávamos morar.

Sinto uma dor no peito quando penso na minha antiga casa. Nos meus amigos distantes. Na minha avó. Nos sanduíches de banana com manteiga de amendoim feitos do jeito *certo*.

Mas logo afasto essa sensação de tristeza e deslizo meus dedos pelas lombadas dos livros enfileirados. Meu dedo para. Apoia-se em uma coleção chamada "Contos de Fadas", onde o bem é bom e o mal é mau, onde meninas racionais e lógicas do quinto ano nunca ficam sendo as pegadoras para sempre.

Sinto o aperto no peito passar. Perfeito.

Capítulo dois

Meu despertar irritante

Naquela noite, sonhei com meus antigos amigos. Estávamos brincando de pique do jeito *certo* quando alguém chamou meu nome.

— Abby! Abby! Abby!

Entreabro uma pálpebra. É Jonah, meu irmão de 7 anos, então puxo o cobertor sobre a cabeça. É claro que adoro o garoto, mas já estou grandinha. Preciso das minhas horas de sono.

Jonah arranca o cobertor, pressiona a boca de encontro ao meu ouvido e diz:

— Abby, Abby, Abby, Abby, Abby, ABBY!

Dou um gemido.

— Jonah, estou dormindo!

— Acorda, acorda, acorda!

Ele tem que repetir tudo tantas vezes? Há uma linha tênue entre ser persistente e ser irritante.

— Volte pra cama — ordeno.

Já me disseram que sou meio mandona, mas qual é! É madrugada. Além do mais, como irmã mais velha, é meu dever mandar em Jonah. Só estou desempenhando meu papel.

É também meu dever garantir que ele coma verduras.

No jantar, vi quando ele escondeu um brócolis na meia. Então o dedurei. Depois me senti culpada e dei a ele metade do meu biscoito de chocolate.

— O espelho está assobiando — diz ele agora.

Olho de soslaio para ele. *Como é que é?* Nem sei o que fazer com aquela frase.

— Jonah, espelhos não assobiam. Não fazem nenhum tipo de barulho. A não ser que você os quebre. — Opa. Eu me levanto como um boneco de mola saindo de uma caixa. — Você quebrou um espelho? Isso dá azar!

— Acho que não. — Ele meio que contorce os lábios, uma coisa esquisita que costuma fazer. — Bem, talvez.

— Jonah! Qual espelho? — Impulsiono as pernas para fora da cama. Tomara que não seja meu espelhinho de mão cor-de-rosa, que uma vez flagrei nas mãos de Jonah enquanto ele examinava os dedões do pé.

— O grande que fica lá embaixo.

— Tá brincando, né? Aquele espelho assustador que fica no porão?

Percebo que estou falando em gritinhos estridentes, então abaixo o tom de voz para não acordar meus pais.

— Por que você estava no porão a essa hora?

Aquele espelho tem algo de esquisito. Parece que me observa aonde quer que eu vá. Como os olhos naquele quadro da *Mona Lisa*. Mas claro que isso não faz sentido. Espelhos não podem te observar. Eles não têm vida.

Ele dá de ombros.

— Estava explorando.

Dou uma olhada no despertador.

— São onze e cinquenta e dois!

Sinto meu pulso pesar e percebo que esqueci de tirar o relógio quando me deitei. Aperto o botão da luz. Mostra 11h52 também.

Jonah dá de ombros de novo.

Ele está sempre explorando. É difícil acreditar que somos irmãos. Somos tão diferentes. Eu gosto de ler. Ele gosta de aventuras. Gosto de me enroscar na cama com um livro. Ele prefere escalar montanhas. Sério. Minha mãe o leva para aulas de escalada aos domingos.

Com paciência, inspiro profundamente e pergunto:

— Você viu a luzinha verde?

Quando Jonah tinha 3 anos, meu pai deu a ele um relógio que mudava de cor. Ficava vermelho à noite, e às sete da manhã ficava verde. Jonah deve ficar na cama até que o relógio fique verde.

Mas meu irmão não é muito bom em seguir ordens. Nem cores.

— Sei ver as horas — diz Jonah, ofendido.

— Então por que me acordou?

— Porque vi roxo e queria te mostrar isso também— diz ele, acenando em seguida para que eu o siga. — Vem, vem!

Heïn? Ele viu roxo?

Suspiro. Porcaria. Saio da cama, calço minhas pantufas e o sigo.

— Espere! — digo, vendo que ele está descalço. Conduzo Jonah até seu quarto, ao lado do meu. — Precisa estar calçado, mocinho. Não quero que corte o pé em um pedaço de vidro.

— Mas não tem vidro.

Ele quebrou um espelho e não tem vidro? Aponto em direção ao armário.

— Sapatos!

É meu dever proteger meu irmão inteirinho, até seus pés chulezentos.

O quarto de Jonah está iluminado por causa dos adesivos de estrela no teto que brilham no escuro e por causa do relógio de luz *vermelha*. Nada de roxo. Vermelho. Jonah pega o par de tênis no armário e o enfia no pé.

— Está feliz agora? Vamos, vamos!

— Sssshhhh! — peço.

A porta do quarto de mamãe e papai está fechada, mas o cômodo fica ao final do corredor. Minha mãe não vai gostar se a acordarmos. (Uma vez ela ficou zangada comigo quando eu disse que ela estava seis minutos e quarenta e cinco segundos atrasada para me buscar na escola. Eu não queria que ela se sentisse mal. Mas tenho um cronômetro superlegal no meu relógio e, se não usá-lo para dizer a ela o quanto está atrasada, vou usá-lo pra quê?)

Descemos o primeiro lance da escada. Ela range. Muito. Finalmente consigo alcançar a porta do porão.

Congelo. Congelo como se tivesse, hum... sido pega. Porque a verdade é que provavelmente não sou a menina mais corajosa do mundo. E está tarde. E estamos indo ao porão.

Prefiro ler sobre aventuras em vez de viver uma.

— Qual o problema? — pergunta Jonah, passando na minha frente e descendo as escadas. — Vem, vem, vem!

Inspiro lenta e profundamente, acendo a luz do porão e fecho a porta.

Capítulo três

Espelho, espelho meu, pendurado na parede

Um passo. *Crec.*
Dois passos. *Crec.*
Três. *Creeeec!*

Paro no início da escada e olho ao redor do porão até encontrar o espelho gigante e assustador. Ele ainda é gigante e assustador, mas, tirando isso, parece em excelente estado.

— Não tem uma única rachadura — falei. — Vamos voltar para a cama. Agora.

— Eu nunca disse que estava *rachado* — retrucou Jonah. — Falei que ele estava assobiando. — Ele se aproxima do espelho, chegando tão perto que sua respiração embaça o vidro. — Deve ter parado quando saí.

Fico parada, observando cada detalhe do espelho antigo que os ex-proprietários deixaram para trás. Tem o dobro do meu tamanho. O vidro é límpido e liso. A moldura é feita de pedra com entalhes de fadas e varinhas de condão. Não sei por que a pessoa que morava aqui não o levou, a não ser... bem, ele é assustador. E está preso à parede. Com parafusos imensos do tipo usado no Frankenstein.

No reflexo, vejo meu cabelo castanho encaracolado. Meu pijama verde-limão. Minhas pantufas listradas. Mas parece haver algo estranho no meu reflexo, então dou meia-volta. Não sei exatamente *o quê* é, mas é esquisito.

— Não está assobiando — digo, verificando o restante do porão.

Um sofá de couro preto. Uma mesa. Uma cadeira giratória. Muitas e muitas prateleiras com livros antigos de Direito dos meus pais, os quais eles nunca consultam, mas também não jogam fora. Minha mãe e meu pai são advogados. Diferentemente de mim, nenhum deles quis ser juiz.

Para que fique registrado: serei uma juíza excelente porque entendo tudo de paz e ordem. Farei com que a justiça seja respeitada, porque é injusto quando pessoas más não se encrencam ou quando coisas ruins acontecem às pessoas boas.

Como meus pais terem me obrigado a me mudar para Smithville.

— Você precisa bater — diz Jonah.

As palavras dele me fazem recuar.

— Como é que é?

— No espelho — diz ele, contraindo as sobrancelhas.

— Você precisa bater.

Eu rio.

— Não vou bater no espelho! Por que alguém iria bater em um espelho?

— Bateria se fosse por acidente! Então, eu estava brincando de crocodilo voador e...

— O que é crocodilo voador? — pergunto.

— Um jogo novo incrível que inventei. Sou um pirata e estou sendo seguido por crocodilos, e meus crocodilos conseguem voar, então...

— Deixa pra lá — digo, arrependida por ter perguntado. — Como isso levou você até o espelho?

— Bem, quando eu estava sendo perseguido por um dos crocodilos voadores...

— Por um dos crocodilos voadores *imaginários*...

— Quando eu estava sendo perseguido por um dos crocodilos voadores *imaginários*, tropecei e bati no espelho não imaginário. O barulho pareceu uma batida. Vou fazer de novo. Está pronta?

Pronta para quê? Estou pronta para voltar para minha cama quentinha. No entanto, digo ao meu irmão:

— Bata.

Ele ergueu o pulso e bateu.

Aguardamos. Nada aconteceu.

— Não está acontecendo nada — digo a ele.

Mas aí ouço um assobio baixinho.

Shhhhhhhhhhh.

Meu corpo fica tenso. *Não* gosto do som de assobios. Principalmente vindos de espelhos.

— Hum, Jonah?

— Viu? Agora olha isso aqui. Repara no que acontece quando bato pela segunda vez!

Ele bate de novo, e uma luz emana do espelho. Uma luz quente e *roxa*.

— Viu? — diz Jonah. — Roxo! Eu disse!

Minha boca fica seca. O que está acontecendo? Por que o espelho do porão está emanando cores? Espelhos não devem mudar de cor. Não gosto de espelhos que mudam de cor!

— E foi quando resolvi buscar você. Mas quero ver o que acontece se eu bater de novo. Três é o número mágico, certo?

— Jonah, não!

Tarde demais. Ele já estava batendo no espelho.

Nossos reflexos começam a tremer.

Não gosto de espelhos que tremem tanto quanto não gosto de espelhos com luzes roxas que assobiam.

— O que ele está fazendo? — sussurro.

Minha imagem está ondulando como a superfície de um lago. Estou ondulando por dentro também. Já disse que quero ser juíza porque gosto de paz? E de ordem? E não de espelhos ondulantes que assobiam e mudam de cor?!

— Está vivo! — grita Jonah.

As ondas no espelho giram em círculo, como um redemoinho.

— Devemos sair daqui — digo, enquanto arrepios percorrem minha espinha. — Tipo, agora. — Tento puxar Jonah e tirá-lo de perto do espelho, mas não consigo. Nossos reflexos estão se agitando mais e mais e mais no espelho, como roupas na secadora. E estamos sendo sugados em direção ao espelho. O pé direito de Jonah desliza para a frente. O tênis dele range contra o chão de concreto.

— Ele quer meu pé — choraminga Jonah.

— Bem, ele não vai tê-lo! — Seguro meu irmãozinho com força. — Não pode tê-lo, seu... seu espelho-coisa! — Viro o pescoço para as escadas do porão. — Mãe! Pai! — berro.

Mas eles estão dois andares acima e eu fechei a porta do porão. Por que fiz isso? Entro em um porão no meio da noite e fecho a porta? Qual é meu problema? Preciso de ajuda!

— Socorro!

Com a mão livre, alcanço o pé de uma mesa. Meus dedos queimam, mas de jeito nenhum que vou soltar meu irmão *ou* o pé da mesa.

Vushhhh! De repente, o mundo inteiro vira de cabeça para baixo. Jonah e eu estamos na horizontal. Sacudimos no ar como bandeiras humanas, o que não faz sentido algum. Não *gosto* de coisas que não fazem sentido.

— Legal! — grita Jonah.

Ele está rindo? Está! Ele está rindo. Como ele pode estar se divertindo em um momento desses?

O sapato do meu irmão desaparece. Sai do pé dele e vai em direção ao espelho.

Não! Impossível!

Depois de um zumbido alto, o outro sapato de Jonah também é sugado pelo espelho.

Slurp.

Meu coração está disparado, e sinto frio e calor ao mesmo tempo. Aquilo não pode ter acontecido. Nada disso pode estar acontecendo. E por que os sapatos de Jonah não estavam amarrados? Tenho que fazer tudo sozinha?

De repente as pantufas são arrancadas dos meus pés.

Não é *mesmo* minha culpa. Não dá para se amarrar uma pantufa.

Um livro voa da prateleira e entra no espelho. Depois outro. Todos os livros de Direito dos meus pais se vão — *vuuup* — diretamente das prateleiras para o espelho. As páginas virando como se fossem asas de pássaros empolgados demais.

A cadeira giratória corre pelo chão. *Slurp*!

As mãos do meu irmão estão escorregadias.

— Abby? — diz ele. E, pela primeira vez na noite, meu irmão, que geralmente não tem medo de nada, parece assustado.

— Segure firme! — Tento manter minha mão na dele, mas nossas palmas estão úmidas. Sinto uma dor correndo dos meus dedos até meu ombro. Ignoro. Tenho que segurar firme, *preciso* segurar.

— Abby!

— Não! — digo, segurando com mais força ainda. Ele flutua, os olhos arregalados e brilhando num tom arroxeado.

— Jonah! — grito.

NÃO! NÃO! NÃO! Eu NÃO vou deixar que o espelho maluco engula meu irmão. Estou no comando aqui! E vou manter meu irmão a salvo!

Solto a perna da mesa e seguro Jonah com as duas mãos. Com um grunhido satisfeito, o espelho nos puxa para dentro.

Capítulo quatro

Árvores demais

*B*ump.
Caio de cara no chão. Sujeira, folhas e grama. Tem um galho na minha boca. Tiro e limpo a mão na calça do pijama.

— Acho que quebrei a cabeça — murmura Jonah.
— Sério? — pergunto.
— Não — diz Jonah, esfregando a nuca. — Estou bem.

Que bom. Estou feliz que meu irmão esteja bem. Agora não preciso me sentir mal quando gritar com ele.

— EM QUÊ VOCÊ ESTAVA PENSANDO?
— Como assim? — pergunta ele, inocente.

Fico de pé e começo a enumerar as respostas nos dedos.

— Prova número um: você nos arrasta até o porão. Prova número dois: você bate no espelho bizarro. E provas número três, quatro e cinco: você bate no espelho bizarro *mais duas vezes* e, quando ele tenta nos sugar, o que você diz? LEGAL!

— Porque foi legal — exclama ele. — Qual é, Abby!? Foi muito incrível! Foi a coisa mais incrível que já aconteceu conosco.

Balanço a cabeça. Nem tenho certeza do que realmente aconteceu. E onde estamos?

Tento perceber algum aroma. Tem cheiro de natureza. Apoio-me nos cotovelos e olho ao redor. Então vejo:

1) Árvores grandes.
2) Mais árvores grandes.
3) Ainda MAIS árvores grandes.

Hum, por que há tantas árvores tão grandes no meu porão?

Espera. Meu porão não tem árvores.

Eu me viro para Jonah.

— Não estamos no porão!

— Eu sei — diz Jonah, assentindo. — Legal.

— Onde estamos, então?

— Em algum lugar incrível.

— No quintal — digo. — Tem que ser o quintal. Não é? — Só que nosso quintal é pequeno e tem apenas duas árvores. Duas árvores bem magricelas. E não milhares de árvores bem grandes.

— Não mesmo, não estamos no quintal — diz Jonah, balançando a cabeça.

— Talvez ele pareça diferente à noite, não?

— Não. Acho que estamos em uma floresta.

— Jonah, não tem como estarmos em uma floresta. É impossível!

— Bem, e se coisas impossíveis forem possíveis?

Ele é impossível. Esfrego meus olhos.

— Isso não faz sentido. Espere. E se estivermos sonhando?

— Nós dois? — pergunta ele, levantando uma sobrancelha.

— Tá, eu. E se eu estiver sonhando?

Ele me dá um beliscão.

— Ai!

— Você não está sonhando — confirma ele, e começa a saltitar na ponta dos pés. — Está totalmente acordada e eu também. Estamos em uma floresta. E... estou com fome. Você tem Cheetos?

— *Cheetos*??? — grito. — De alguma forma fomos transportados do nosso porão para uma floresta no meio da noite e você está pensando em *Cheetos*?

Ele coça a barriga.

— O espelho estava com fome, então ele nos engoliu. Agora eu estou com fome e gostaria de comer um pacote de Cheetos bem apimentado. E com um pouco de catchup, talvez.

— Isso é nojento — digo. Jonah mergulha qualquer coisa em catchup. Até rabanada, que é doce.

— E não é noite — continua ele. — Veja.

Viro a cabeça. O céu azul espreita acima das copas das árvores.

Era noite antes. Agora é dia.

Não entendo o que está acontecendo! Esperneio como uma criança de 2 aninhos fazendo pirraça. *Ai*. Um galho arranha meu tornozelo porque — *ahhhh*, agora me lembro — antes do espelho me engolir ele comeu minhas pantufas. Mas cá estou eu, e onde estão minhas pantufas listradas?

Primeiro preciso encontrá-las. Depois vou pensar em como fazer para voltar ao nosso porão.

Esse é meu plano. Planos me deixam feliz.

Primeiro passo: achar algo para calçar.

Estico o pescoço e dou uma olhada ao redor. Além de nós dois, vejo a cadeira do porão jogada a poucos metros de onde estamos. Alguns dos livros das prateleiras também estão sobre o gramado. E lá estão minhas pantufas!

— Oba! — comemoro. Corro em direção a elas e as calço. Ah. Pantufas listradas e felpudas podem fazer uma pessoa sentir-se bem melhor.

Eu me viro para Jonah.

— Você encontrou seus tênis?

— Sim — diz ele, apontando para o par.

— Bem, calce-os. E amarre os cadarços dessa vez. — Fico aguardando. — Estão amarrados? — Sei que Jonah sabe como amarrar porque fui eu quem ensinou. E o ensinei da maneira certa, não do jeito que bebês amarram fazendo dois laços antes de entrelaçá-los.

Ele resmunga e amarra os cadarços com firmeza.

Bom. O primeiro passo está completo. Agora vamos ao segundo: voltar para o porão. *Hum*. Isso é mais difícil, mas nada que eu não seja capaz de resolver.

Acho que ajudaria se soubéssemos onde estamos.

Não podemos estar muito longe de casa, já que levou tipo um minuto para chegarmos aqui. Deve ter sido um tornado ou talvez até mesmo um terremoto. É, um terremoto! Um terremoto que nos jogou algumas quadras além da nossa casa! É! Talvez tenhamos batido a cabeça e desmaiado, e *por isso* já é de manhã!

Agora só preciso encontrar o caminho de volta para casa. Tenho que me concentrar.

Grrrr.

O que foi isso? Nada. Devo ter imaginado.

Crec.

— Você ouviu isso? — sussurra Jonah.

— Hum. Não?

Grrrrrrr.

Meu coração acelera.

— Alguma chance de ser seu estômago roncando de fome?

Ele se aproxima.

— Talvez seja o estômago de um animal. Porque o animal está com fome.

Grrrrr, crec.

— Com fome de carne humana — completa Jonah, parecendo um pouco animado demais para meu gosto.

Crec, grrrr.

Argh! Como posso me concentrar no segundo passo do plano com esses barulhos assustadores de animais famintos ao redor?

— Acho que devemos ir — digo a ele.

— Para onde?
Grrrr, crec, grrrr, crec, grrrr, crec, crec!
— Para algum lugar que não seja esse!
Agarro a mão do meu irmãozinho e corremos.

Capítulo cinco

Esconde-esconde

Nunca imaginei que fosse capaz de me movimentar com tanta rapidez.

Se eu estivesse na escola brincando de pique — o certo *ou* o errado —, ninguém conseguiria me pegar.

Essa é a boa notícia relacionada a minha louca incursão com Jonah. A má notícia é que não faço ideia do caminho de casa, ou em qual região de Smithville estamos.

Também não sei o que está nos perseguindo. Mas adivinha só? Nossos pés velozes devem ter superado quem nos perseguia, porque não ouço mais nada vindo atrás da gente. Mas, novamente, talvez isso se deva ao fato de eu estar ofegando bem alto, barulho que está abafando todos os outros sons.

Sinto uma dor na lateral do corpo e paro.

— Preciso... de água! — choraminga Jonah. — Preciso... de comida! Nada de Cheetos. Eu comeria qualquer coisa! Mas brócolis não, por favor!

Inclino-me para a frente e tento recuperar o fôlego.

— Não sei você, mas ainda não vi nenhum restaurante por aqui. Apenas árvores e mais árvores e mais árvores.

— Olha — diz Jonah, abaixando o tom de voz. Ele aponta para algo adiante.

Obedeço, e meu coração dá um salto quando vejo que é uma pessoa! Uma pessoa adulta do sexo feminino!

— Ah, olá! — chamo, indo em direção a ela. — Oi, você aí!

Ela continua caminhando, se esgueirando entre as árvores. Será que não me ouviu?

— Ei, com licença! — grito. — Espere! Um instante!

Ela finalmente se vira. É bem velha — tipo da idade dos meus avós, mas sem o batom rosa-shocking que minha avó usa —, está vestindo uma capa preta e carregando uma cesta.

Aceno e sorrio.

Ela me olha. E continua andando.

Que grosseria. Adultos não devem ser grosseiros. Minha avó nunca agiria dessa maneira.

O que devo fazer agora?

— Com licença! — grita Jonah. — Licença, licença, licença, licença, licença, LICENÇA!

A senhora interrompe o passo e se vira mais uma vez.

— O que é? — vocifera.

Boa, Jonah! Acho que ser insistente pode valer a pena.

— Sabe onde estamos? — pergunta Jonah.

— Estamos meio perdidos — completo. — Estávamos no nosso porão, mas então batemos no espelho, ou melhor, meu irmão bateu no espelho e... — Talvez seja melhor não entrar em detalhes. — Bem, deixa pra lá. Pode nos ajudar, por favor?

Lanço meu sorriso mais charmoso. Dou uma cutucada em Jonah com o cotovelo para mostrar que ele deveria fazer o mesmo.

Ela faz uma careta e começa a caminhar novamente.

Minha avó nunca ignoraria duas crianças perdidas em uma floresta, mesmo se não fôssemos nós. Ela os levaria para casa, pediria que usassem um gorro e daria canja a elas.

— O que vamos fazer? — pergunto a Jonah.

— Vamos segui-la!

— Acho que não devemos segui-la — digo. — Ela é má. Acho que também não quer que façamos isso.

— Você tem uma ideia melhor? — pergunta ele.

Mordo o lábio.

Jonah interpreta o gesto como um "Certo, vamos seguir aquela senhora agora mesmo!", e é o que faz. Eu hesito, mas logo estou correndo para alcançá-lo.

— Silêncio — sussurro, segurando o braço dele para que vá mais devagar e não tropece em todos os galhos e ramos do caminho.

A Velha Malvada contorna uma árvore. Contornamos a mesma árvore, aí nos escondemos. Ela prossegue, nós também. Ela vira para a direita, e nós idem. Sorrateiramente, a seguimos por todo o caminho. Então, ainda mais sorrateiramente, nós nos escondemos. E seguimos e nos escondemos, seguimos e nos escondemos.

— Espero que ela não esteja perdida também — sussurra Jonah enquanto se abaixa atrás de uma árvore.

Dez minutos depois, ela chega a uma estrada. Oba! Só que ainda não sei onde estamos. E por que Smithville tem florestas e caminhos no meio do nada? Esse lugar é tão esquisito. Primeiro soda em vez de refrigerante, e agora florestas estranhas.

Seguimos a senhora por mais uns cinco minutos até chegarmos a uma casa. É pequena. Está pintada de branco, tem flores plantadas no jardim; a casa é fofa, arrumadinha e acolhedora. Sinto um alívio no peito, pois a Velha Malvada sabe aonde está indo, afinal. Ela vinha para *cá*. E é melhor seguir uma senhora má que sabe para onde está indo do que não seguir ninguém, não é mesmo?

Puxo Jonah para trás de uma árvore quando a Velha Malvada começa a andar pelo charmoso trajeto de pedras que leva à casa.

Ela bate à porta. Uma vez. Duas.

Ninguém atende.

Ela bate de novo.

E, finalmente, a cortina atrás de uma das janelas estremece.

Capítulo seis

Uma maçã ao dia

— Tem alguém em casa! — sussurra Jonah. — Por que não atendem a porta?

— Se alguém tão mau estivesse à porta, você atenderia? — pergunto. E espero que ele diga não.

— Sei que está aí, coisinha idiota — diz a velha de um jeito provocante. Ela parece bem mais amistosa com a coisinha idiota que está na casa do que foi conosco.

A cortina estremece, e a janela é aberta.

— É só que... bem, sabe como é... Não tenho permissão para atender a porta — diz a pessoa do lado de dentro.

Tem alguém em casa! E definitivamente é uma garota. Não parece ser uma criança, mas também não soa como um adulto. Uma adolescente, talvez?

A velhinha tira uma maçã brilhante e vermelha do cesto. A fruta reluz sob o sol.

— Fome — sussurra Jonah. Ele finge ser um zumbi e revira os olhos. — *Fooooommeeeee!*

Dou um beliscão nele.

— Shhh!

— Tenho maçãs para vender — cantarola a senhora.

— Não, obrigada — diz a menina por trás da cortina. — Não devo comprar nada.

— Vou te dar uma de presente — oferece a senhora, e pigarreia antes de dizer: — O restante eu vendo depois.

— Não, é sério, tudo bem — diz a menina. — Obrigada de qualquer modo.

Se eu me inclinar, consigo ver uma parte do rosto dela. Seu cabelo é bem preto e a pele, muito branca, mas *não* um branco pálido tipo zumbi. Está mais para uma boneca de porcelana. Os lábios são muito vermelhos. Muito, muito vermelhos. Vermelho tipo sangue, mas — de novo — *não* um vermelho sangue nojento. Na verdade, ela é linda. E também parece familiar. É como se eu já tivesse visto a tal menina... Será que foi nossa babá em algum momento?

— Mas está tão gostosa! — A velha tenta aliciá-la, estendendo a maçã para a garota. — Tão suculenta. Tão fresca. Qual é o problema? Você tem medo de que talvez esteja...

Jonah sai de trás da árvore tão rapidamente que não consigo alcançá-lo.

— Eu aceito! Aceito a maçã suculenta e gostosa!

Ai, irmãozinho.

— Jonah— consigo sussurrar gritando. — *Volte! Aqui! Agora!*

Ele desliza até a porta da frente.

— Oi — diz, sorrindo para a senhora. Então estende a mão. — Posso comer uma, por favor?

A velha repreende:

— Não é para você. Tchauzinho agora.

— Mas eu disse "por favor" — choraminga ele. — Estou faminto.

Dou um gemido e abandono nosso esconderijo.

— Ouviu a senhora. Devemos ir agora. — Seguro-o pelo ombro e abaixo o tom de voz: — E você não deve aceitar comida de estranhos, sabe bem disso.

— Então por que a menina que está lá dentro pode comer a maçã? — pergunta meu irmão.

Hum. Uma maçã vermelha. Uma menina de cabelos negros e pele bem branca dentro da casa. Uma sensação esquisita vem a minha mente. Como se meu cérebro estivesse fazendo curvas, como se eu devesse compreender alguma coisa.

— Ela também não pode — digo, distraída. — E, enfim, ela não vai comer. Você não a ouviu? — Então digo para a menina: — Parabéns, você fez bem! — Levanto meu polegar para ela, e a velha dá uma bufada.

— Saiam daqui — diz a velha, agora muito rabugenta, para mim e para Jonah. — É hora de irem embora. — Ela tenta sorrir, mas é um sorriso falso... e meio assustador. Então ela se vira para a menina de novo: — É hora de *você* comer a maçã, minha querida.

— Por que ela está sendo tão injusta? — pergunta Jonah. Ele se aproxima, inclina a cesta e espia lá dentro.

— Se ela tem uma cesta cheia de maçãs, por que não pode... — Ele para. — Ei. Espera um pouquinho. A cesta está *vazia*. Sua mentirosa!

A velha puxa a cesta dele com força e grita:

— Saia daqui!

— Mas você disse "maçãs", no plural — insiste Jonah. — Disse que estava vendendo *maçãssssss*, então como pode ter só essa maçã que está segurando?

— Já vendi as outras — diz a senhora. — Certo? Está satisfeito?

Sinto um formigamento na espinha. Tem algo estranho acontecendo. Eu me viro para a garota na janela.

— As pessoas costumam vir até sua porta para vender coisas? Porque isso nunca acontece na nossa casa. A não ser quando é o sujeito que faz as entregas do mercadinho Schwan's. E ele dirige um caminhão grande, sempre diz "Aqui é o Schwan's", *e* usa uniforme.

— As escoteiras também — diz Jonah, dando sua contribuição. — Elas vêm vender biscoitos.

— Verdade. E usam uniformes também, não usam? — Eu me viro para a velha. — O que está acontecendo aqui então? Se a senhora está vendendo maçãs, por que só tem uma fruta? — Observo sua capa preta. — E esse deveria ser o uniforme de uma vendedora de maçãs? Porque, para ser sincera, não está passando o recado que deveria. É soturno.

— Pegue a maçã — ordena a velha para a garota. Acho que ela concluiu que a melhor forma de lidar comigo e com Jonah era fingindo que não existíamos. — Aproveite. É de graça.

— Acho que não — responde a menina, a voz vacilante.

— Pegue! — Suor brota da testa da velha. E maquiagem começa a escorrer pelo seu rosto. Muita maquiagem.

— Sua cara tá derretendo? — pergunta Jonah.

A garota engasga.

— É você! — berra ela, apontando para a velha. — Você tentou me enganar com um disfarce! — A voz dela falha, como se estivesse assustada ou prestes a chorar, ou as duas coisas. — Ma-mas não deu certo, então, por favor, simplesmente vá embora!

Ela fecha a janela e puxa a cortina.

A mulher esperneia. Com a maquiagem derretida, não parece mais velha. Só estranha. O rosto está todo manchado, como se tivessem espirrado água em uma pintura. Ela murmura e diz um monte de palavras que minha avó *nunca* diria. Então sacode a maçã para meu irmão.

— Você quer tanto minha maçã? Tome, pode ficar. Vá em frente! Coma!

Jonah fica pálido.

— Deixa pra lá. Nem estou mais com fome.

A velha derretida tira a capa preta, deixando um vestido longo e preto à vista. Então açoita a capa em direção a Jonah.

— Ei! — reclamo.

De repente, ela parece mais alta, e algo brilha na altura do seu pescoço. Parece um colar, e tem alguma coisa pendurada nele. Acho que é uma chave, mas não consigo enxergar direito para ter certeza. Em seguida, ela cerra os punhos e os aponta para o céu — uma das mãos agarrando a maçã e a outra vazia —, rugindo como um leão. Ela pirou totalmente.

Lança um olhar ameaçador para meu irmão. Semicerra os olhos, dá dois passos até ele e murmura:

— Você vai pagar por isto. Destruiu completamente meu plano.

Como ela se atreve? Abraço Jonah e grito:

— Não ameace meu irmão! Não temos medo de você!

De que *plano* ela está falando, afinal de contas? Só porque tenho um plano, ela precisa ter um também?

Só que eu não tenho um plano. Não exatamente.

A velha dá uma risada que alcança notas agudas terríveis. Do tipo que faz um espelho não apenas tremer, mas quebrar.

Do tipo que assustaria qualquer um.

Ela joga a cesta no chão e se embrenha de novo na floresta.

Sinto que meu irmão está tremendo.

— Acho que quero ir pra casa agora — sussurra ele.

— Eu também. E nós iremos — digo, fingindo estar confiante.

Se Jonah, que *ama* aventuras, está com medo, então o mundo virou mesmo de cabeça para baixo. E, se o mundo virou de cabeça para baixo, isso me deixa no papel de corajosa, correto? Esse é um pensamento *bastante* assustador.

Pense, Abby. O plano. Qual é o próximo passo no plano? Espera aí! Eu sei! Vamos usar o telefone da garota. Sim! Ligar para casa! Pedir para mamãe e papai virem nos buscar. Se eles não puderem chegar aqui de carro, ainda podem tentar o espelho. Bato à porta. Uma. Duas vezes. Três. Não vou desistir.

— Por favor, vá embora — diz a garota em um tom cansado. — Já disse, não posso permitir que ninguém entre aqui.

— Sim, mas não somos derretidos nem assustadores — imploro. — Eu e meu irmão só precisamos usar seu telefone.

— O meu o quê?

— Seu telefone!

— Não sei sobre o que você está falando!

Jonah me dá uma cutucada.

— Pergunta se ela tem alguma coisa pra gente comer.

— Juro que somos pessoas boas — digo. — Somos apenas crianças normais. E meu irmão está com muita fome. *Você* já se perdeu um dia?

Há um silêncio.

Prendo a respiração.

Então, como se por milagre, a porta se abre com um estalo e finalmente vemos a garota. Ela parece ter a mesma idade da minha prima, por volta dos 16 anos. É mais bonita do que me pareceu a princípio, apesar do cenho franzido vincando a pele branca.

— Vou me encrencar por causa disso — diz ela. Contrai os lábios vermelhos e abre mais a porta. — Mas tudo bem. Vocês podem entrar.

Capítulo sete

Oi, Branca de Neve

— Me chamo Abby, e esse é meu irmão, Jonah — digo, enquanto a seguimos casa adentro. Só que aquilo não é uma casa. Está mais para, tipo, um *chalé*, mas esta parece uma palavra que minha avó usaria.

Tudo na casa é pequeno. Bem pequeno. Mesas pequenas. Cadeiras pequenas. Abajur pequeno. E está tudo tão arrumadinho. As almofadas do sofá estão afofadas e no lugar. A mesa está posta com perfeição. Garfo, prato, faca; garfo, prato, faca — oito vezes. A família dela deve ser grande. Bem, uma *pequena* grande família, aliás. Mas onde estão todos?

— Hum, é... É um prazer conhecer vocês. — Ela vacila. Agarra a saia do vestido, e tenho a sensação de que não costuma receber muitas visitas. — Sou Branca.

Branca? Que tipo de nome é esse?

— Que nome interessante — digo. Ou acho que digo. Talvez não tenha dito. De repente minhas pálpebras pesam uma tonelada. Mal consigo manter os olhos abertos. Bocejo.

Meu irmão belisca meu braço.

Ai!

— Não estou com sono — digo, embora na verdade esteja. É tarde. E caminhamos por quilômetros. E aqui está quentinho.

Ele levanta as sobrancelhas.

— *O quê?* — pergunto.

— O nome dela é *Branca* — diz ele, arqueando as sobrancelhas de novo.

— Sim, Jonah — digo, lançando um olhar para ele. — Já ouvi.

— *Branca* — repete ele, retribuindo o olhar.

Oooopa, estou confusa. Mas isso não é pretexto para me esquecer das boas maneiras.

— Certo, me desculpe. Prazer em conhecer você também, Branca. Acha que podemos usar seu telefone?

— Você fica repetindo isso, mas não sei o que quer dizer — diz Branca.

Dou um suspiro. Quem não sabe o que é um telefone? Mas não digo nada. Seria muita grosseria comentar. Talvez ela estude em casa. Ou talvez seja uma dessas adolescentes que nunca podem ver televisão ou usar o celular.

Jonah me belisca mais uma vez.

— Abby — sussurra ele. — Branca é...

— Pare — murmuro, e bocejo mais uma vez. Por que ele está nos fazendo passar tanta vergonha? Não posso levá-lo a lugar algum.

— Mas...

— Shhh. Chega de falar. Bico fechado. — Quando meus pais mandam Jonah fechar o bico, ele precisa ficar calado e contar silenciosamente até cem.

— Gostariam de sentar? — pergunta Branca, se encaminhando para o sofá.

Sim!

— Obrigada — digo.

Meu corpo inteiro dói. Meus pés estão queimando. Andar de pantufas não foi uma ideia muito boa. Se eu soubesse que teria que caminhar por uma floresta quando Jonah me acordou, teria colocado meus tênis. E amarrado bem os cadarços.

Eu me atiro no sofá. Estou tão cansada. Mas é difícil me sentir confortável ali. As almofadas são tão pequenas. Quem cabe num sofá desses?

Jonah se espreme ao meu lado. E saltita sentado.

— Você precisa ir ao banheiro? — pergunto a ele, lutando para manter os olhos abertos.

Ele balança a cabeça para a frente e para trás. Então ri. Ele *ri*!

Qual é o problema dele? Será que nunca fica cansado?

— Vocês querem alguma coisa? — pergunta Branca.

— Você tem Cheetos? — pergunta Jonah.

Branca nos lança um olhar perdido.

— Também não sei o que é isso.

Os pais dela devem ser neuróticos com saúde também.

— Vocês dois moram aqui por perto? — pergunta ela. Finalmente algo que pode ser importante.

— Sim! — digo. — Quero dizer, não! Quero dizer, você poderia nos informar como chegar à rua Sheraton a partir daqui? — Percebendo o quão idiota pareço, acrescento: — Bem, é onde moramos. Acabamos de nos mudar.

— Nunca ouvi falar na rua Sheraton — diz ela. — Então vocês são *realmente* duas crianças perdidas? Não estão usando disfarces *mesmo*?

Deixo escapar uma risada.

— As pessoas costumam vir aqui disfarçadas?

— Só minha madrasta.

Jonah saltita no sofá de novo.

— Pare, Jonah — digo, e me viro novamente para Branca. — E por que sua madrasta usaria um disfarce?

— Para que eu não a reconheça.

Esfrego a testa, porque o que ela diz faz sentido e ao mesmo tempo não faz. É como se estivessem me entregando peças de um quebra-cabeça, uma e depois outra e depois outra. E, se eu não estivesse tão cansada, provavelmente conseguiria juntar as peças e entender alguma coisa.

— Estou feliz porque vocês apareceram — continua Branca. — Se não fosse vocês, eu não teria percebido que era minha madrasta e teria comido a maçã. E quem sabe o que teria acontecido depois?

— Eu sei! — solta Jonah. — Você teria comido a maçã, e ela estaria envenenada. É isso!

Ele ficou de bico fechado por mais ou menos um minuto. Nada mal para Jonah. Espere aí. O que ele acabou de dizer?

— A maçã estaria envenenada?

— Sim — diz Jonah. — A madrasta da Branca estava tentando matá-la com a maçã envenenada, por isso ela estava disfarçada. Branca teria aberto a porta. Como é que você não se lembra da história? Vovó costumava ler pra você, pra nós, o tempo todo!

Madrasta.

Maçã.

Disfarce.

Veneno.

De repente, estou totalmente acordada.

— Ai. Meu. Deus!

— Finalmente! — diz Jonah, jogando os braços para cima.

Não. Sim. Impossível.

— Você é Branca de Neve? — digo. — Não pode ser!

Ela pisca os olhos azuis arredondados.

— Como você sabe meu sobrenome?

Capítulo oito

Definitivamente, *não* estamos mais em Smithville

Olho ao redor da cabana e vejo os móveis pequeninos. Penso na maçã e na mulher disfarçada. Na madrasta disfarçada.

— Você é Branca de Neve? — pergunto de novo.

Ela faz que sim com a cabeça.

— A Branca de Neve *de verdade*?

— Acho que sim. A não ser que exista outra Branca de Neve, existe?

— Acho que é você — diz Jonah.

— Mas... — Caio de maneira desajeitada na cadeira minúscula, as engrenagens do meu cérebro girando sem parar.

Branca de Neve só existe nos contos de fadas. Isso significa que, se essa aqui for realmente a Branca de Neve, então eu e Jonah também estamos em um... em um... não faz o menor sentido. Ninguém cai dentro de um espelho e vai parar em um conto de fadas.

— Estamos dentro da história — diz Jonah. — É mágica!

— Mas mágica não existe — digo. — Não no mundo real.

— Talvez exista.

— Mas... mas... — Eu me esforço para arrumar um argumento que o convença. Que me convença. Não, que convença a ele!

— Sabe aquilo de você querer ser juíza quando crescer? — pergunta Jonah num tom de voz irritantemente calmo.

— Sim, sei muito bem. O que isso tem a ver com o que está acontecendo?

Ele dá de ombros.

— Os juízes analisam as provas, certo?

Fico em silêncio.

— Então veja as provas — pede ele.

Eu não quero, mas obedeço. Observo a menina na minha frente:

- Cabelos negros.
- Pele branca.
- Lábios vermelhos.

Exatamente como na história.

Olho para o interior da cabana. Sofá pequeno. Mesa pequena. Cadeiras pequenas. Para pessoas pequenas. *Exatamente como na história também.*

Volto-me para Jonah:

— É realmente ela. — Então me viro para Branca. — É você mesma!

Estou encarando Branca de Neve. A verdadeira Branca de Neve. Estou na sua sala de estar.

Por isso ela parecia tão familiar. Eu tinha uma camiseta estampada com o rosto dela! E não teve uma vez, no Dia das Bruxas, em que me fantasiei de Branca de Neve? E espere aí... seu rosto aparece na minha caixinha de joias também! A que fica na minha penteadeira. É da Branca de Neve com outras princesas de contos de fadas, mas definitivamente é ela ali. E acho que até está vestindo a mesma roupa, a saia rodada e o corpete acinturado.

— Quem mais seria? — pergunta ela.

— Você é famosa! — celebra Jonah. — Nunca chegamos a conhecer alguém famoso.

As bochechas de Branca ruborizam.

— Isso porque sou uma princesa?

— Não por isso — digo. — Ouvimos sua história, tipo, um milhão de vezes!

— É mesmo? — pergunta ela, parecendo preocupada. — Quem contou? Xavier, o caçador? Ele disse que não contaria a ninguém!

— Livros — diz Jonah. — Até nos filmes vocês está.

Ela franze a testa.

— Não entendo, o que é um filme?

— É uma história — digo. — Com imagens. Que se mexem.

— Mas estou bem aqui — diz ela. — Então como posso estar nos livros e nos filmes?

Uma excelente pergunta.

— Não sei — digo, com sinceridade.

Ficamos os três em silêncio. Estou achando tudo isso muito confuso, mas ao mesmo tempo não consigo evitar a empolgação. Porque AI MEU DEUS, isso é muito legal ou o quê? Estou ao lado da Branca de Neve! Estou *dentro* de um conto de fadas!

Branca suspira.

— Então vocês sabem que minha madrasta está tentando me matar?

— Sim — diz Jonah. — Um azar.

— Ela mandou Xavier, o caçador, me matar, mas ele teve pena de mim — explica ela. — Permitiu que eu fugisse, mas me perdi na floresta. Andei, corri e andei um pouco mais até, finalmente, encontrar essa cabana. Estava tão cansada que adormeci em uma cama. Quando dei por mim, havia sete pessoinhas me olhando.

Ouvimos então um barulho vindo de fora, e a porta se abriu.

Um homenzinho. Dois homenzinhos. Três.

— Falando neles... — diz Branca.

São eles!

— Os anões! — grito, e em seguida levo a mão à boca. Será que posso usar a palavra *anão*?

— Olá — diz o sujeito à frente do grupo. Ele é o mais alto dos anões, e possivelmente o mais velho. A voz dele é bem alta.

— Algum problema aqui?

Tiro a mão da boca.

— Não quis chamar você de anão. Como devo chamá-lo?

— Sou Alan — diz, com voz grave. — O cara com muito cabelo é Bob. O mais bonito é Jon. Stan é aquele dentuço, Tara tem uma trança, Enid é a do cabelo cor-de-rosa e Frances segura a bengala.

Tara, Enid e Frances? Três dos anões eram mulheres? Pelo que me lembro, a história não é assim. Talvez o conto nunca tenha especificado se eram homens ou mulheres, então simplesmente supus serem homens. Ops.

E definitivamente não se parecem com os anões do filme da Disney. Nada de Soneca, Feliz e Atchim por aqui.

— Oi — diz Jonah. — Prazer em conhecê-los!

— Já sabem quem somos — diz Alan. — Querem nos dizer quem são vocês?

— E por que estão na nossa casa? — pergunta Stan.

— Falem! — diz Frances, os olhos semicerrados e a bengala apontada em nossa direção.

Meu coração falha por um segundo. Os anões são um pouco assustadores. Empurro Jonah para trás de mim a fim de protegê-lo.

Ele tira meu braço do caminho.

— Sou Jonah! — exclama. — E isso tudo é incrível!

Bob puxa a barba.

— Branca, pedimos que não deixasse ninguém entrar na casa enquanto não estivéssemos! — Ele é realmente cabeludo. Barba, bigode, cabelo. E dá para ver os pelos do peito pela blusa aberta. — Você não aprendeu nada depois das duas últimas vezes que atendeu a porta?

— Eu sei, eu sei — diz Branca. — Mas são apenas crianças perdidas.

— Sim — digo. — Somos apenas crianças perdidas. Não nos machuquem!

Alan balança a cabeça.

— Mas por que você continua falando com estranhos?

— Um estranho é um amigo que você ainda não conheceu — diz Branca, e depois uma expressão triste toma seu rosto. — Era o que meu pai costumava dizer.

— Somos inofensivos — juro, enquanto levanto os braços para provar que não estou armada. — Nunca machucaríamos ninguém.

Branca concorda comigo, assentindo.

— Eles me salvaram da minha madrasta. Ela voltou. E tentou me dar uma maçã envenenada, mas eles a impediram.

— Uau — diz Enid, e os dedos passam pelos cabelos cor-de-rosa.

Frances abaixa a bengala.

Tara puxa as tranças.

Bob puxa a barba.

Jon continua sendo lindo.

Alan faz que sim com a cabeça.

— Acho que precisamos agradecer.

— Obrigado — dizem todos os anões ao mesmo tempo.

Fico vermelha de satisfação.

— De nada.

Jonah fica empertigado.

— Quando precisarem.

— Que tal sempre? — grunhe Frances. — Sempre que a deixamos sozinha, a madrasta faz algo terrível. Sabem o quanto é difícil achar alguém que saiba limpar e cozinhar? Ei, vocês precisam de um lugar para ficar também, não é?

— Legal! — comemora Jonah.

— Ela não é apenas uma governanta — diz Alan, olhando para Frances. — É nossa irmãzinha.

Irmãzinha? Ela tem o dobro da altura deles.

— É meio triste ver que uma princesa precisa cozinhar e limpar — digo, pensando no quanto aquilo tudo era injusto. — Acho que você não deve ter para onde ir, Branca.

— Eu não ligo — diz Branca. — Faz com que eu tenha algo em que me concentrar. Se não fosse por isso, passaria o dia todo pensando em... — A voz dela falha. Sei que passou por maus bocados recentemente, com a madrasta tentando matá-la e tudo mais, então não pergunto mais nada.

Pobre Branca de Neve. Eu me viro para meu irmão.

— Jonah, não podemos ficar aqui. Temos que voltar para casa. Quando mamãe e papai acordarem, vão ficar preocupados. — Não que não fosse legal ficar passeando em um conto de fadas por um tempo. Quantas pessoas têm a chance de sair por aí com a Branca de Neve em carne e osso?

— Mas não sabemos como ir para casa — diz Jonah.

— Provavelmente só precisamos retornar pela floresta — digo. — Talvez se voltarmos para onde estávamos originalmente, consigamos descobrir.

Mas havia um problema: eu me lembrava do caminho de volta? Devia ter deixado migalhas de pão pelo caminho, como fez Maria, de João e Maria. Ei, e se todas as pessoas dos contos de fadas se conhecem?

— Vocês conhecem a Maria? — arrisco. — A irmã do João?

— Quem? — perguntam.

— Esqueçam.

Imagino que uma menina abandonada e pobre não conheceria uma princesa.

— Vocês podem pelo menos ficar para o jantar? — pergunta Branca.

— Sim! — diz Jonah. — Estou faminto.

— Eu decido as coisas por aqui — digo. — Sou a mais velha.

Meu estômago ronca.

Estou com alguma fome. Andamos *mesmo* muito hoje. Sou a irmã mais velha e a responsável. É meu dever garantir que reponhamos as energias antes de seguir em outra jornada.

Para completar, há animais grunhindo lá fora.

E madrastas em busca de vingança.

— Tudo bem — digo. — Podemos ficar para o jantar.

Capítulo nove

E assim caminha a história

— Não entendo — diz Stan, desfiando um pedaço da carne ensopada com os dentes imensos. — Como vocês sabiam que a mendiga na verdade era a rainha malvada disfarçada?

— Porque conhecemos a história inteirinha — digo. — Nós lemos. Chama-se *Branca de Neve*.

— Não — diz Jonah. — Chama-se *Branca de Neve e os sete anões*.

Enid ajeitou seu vestido cor-de-rosa.

— Somos nós! — guincha ela. — Os sete anões! Somos famosos!

— Acho que a história original, a que foi escrita pelos irmãos Grimm, é conhecida apenas como *Branca de Neve*. — Eu me viro para os anões. — Mas vocês definitivamente estão na história.

— Tem catchup aqui? — pergunta Jonah.

— É um tipo de comida? — pergunta Branca.

— Sim — diz Jonah. — Um tipo delicioso de comida.

Eles balançam as cabeças.

— Nunca ouvi falar — diz Branca.

— Então você lê a sorte? — pergunta Bob.

Pelo menos, acho que foi Bob quem falou. Não consigo ver seus lábios se mexendo por baixo daquela barba toda.

— Não — digo. — Somos apenas crianças, não videntes.

— De certa forma somos, sim — diz meu irmão, com a boca cheia de cozido. — Sabemos o que vai acontecer na história. — Estou surpresa por vê-lo gostando do cozido sem nem esconder pedaços nas meias. Está meio nojento. Branca não é a melhor cozinheira do mundo.

Frances semicerra os olhos para nós.

— Você é uma bruxa? Porque não queremos mais nenhuma brincadeirinha por aqui, entendeu?

Balanço a cabeça.

— Não. Nada de bruxas, nada de brincadeirinhas em lugar algum. — Bem, a não ser que consideremos nossa chegada através de um espelho uma brincadeirinha.

— Onde vocês moram? — pergunta Alan, com sua voz de trovão.

— Smithville — respondo. — Infelizmente.

Alan balança a cabeça.

— Não conheço esse lugar, Smithville.

— Não me surpreende. Acho que fica meio distante daqui — digo. Tipo a um mundo de distância. — Onde estamos, afinal de contas?

— Em nosso chalé — diz Bob.

— Sim, mas onde fica seu chalé? — pergunto.

— No reino de Zamel — diz Alan.

— Zamel! — comemora Jonah. — Que nome legal!

— Hein? Zamel? Onde fica Zamel?

Frances revira os olhos.

— Aqui.

Então como saio daqui e vou para Smithville?

— Pode nos contar um pouco mais? — pergunta Branca.

— Sobre Smithville? Fica nos Estados Unidos da América — digo.

— Não, sobre minha história — diz Branca. — Pode contar o que acontece?

— Isso — repetem os anões. — Conte! Conte! Adoramos histórias!

Olho para meu irmão e dou de ombros. Acho que posso contar a eles, já que, hum, a história é sobre eles mesmo. Mas não tenho certeza se me lembro dela direito. É a quinta história do livro *Contos de fadas* que fica na biblioteca. Só li as duas primeiras hoje, e não ouço essa desde que nos mudamos.

— Era uma vez... — paro. — Há alguns anos existia uma rainha. — E depois? Hum. Ah! — Ela cortou o dedo. Então algumas gotas de sangue caíram na... — Esqueci onde elas caíram. Como era mesmo? Ah, certo! — Na neve. E a rainha achou que a combinação entre o sangue e a neve era muito bonita. Espere. Era a combinação do sangue, da neve e de mais alguma coisa também, algo preto. Jonah, você se lembra da importância do preto e de onde ele veio?

Ele balança a cabeça.

— Eu nem me lembro dessa parte.

Jonah não se envolvia nas histórias da vovó como eu. Em vários momentos, o olhar dele parecia vazio. Ele gostava mais de brincar do que de ouvir.

— Enfim, a rainha desejou ter um bebê com a pele tão branca quanto a neve, cabelos tão negros quanto, hum, a noite, e lábios vermelhos como o sangue.

— Branca como a neve — diz Bob, assentindo. — Então foi assim que surgiu esse nome.

— Ah — diz Branca suavemente, os olhos cheios de lágrimas. — Eu nunca soube que minha mãe me quis assim. Nunca soube por que tenho a aparência que tenho.

— Ela deve ter te amado muito — diz Tara.

— Tenho certeza de que amou — digo, e meus olhos lacrimejam um pouco também. Porque o que vem em seguida é tão triste. Pigarreio. — E então a rainha morreu.

Uma lágrima escorre pela bochecha de Branca.

Ahhhh. Pobre Branca. Estendo o braço e toco a mão dela.

— Você quer que eu pare?

Ela funga.

— Não, continue. É só que é difícil ouvir isso.

Faço que sim com a cabeça.

— O rei se casou de novo. E a nova rainha era muito cheia de si. Toda noite, ela se olhava em seu espelho mágico e perguntava quem era a pessoa mais bonita do reino. E toda noite o espelho dizia que a rainha era a mais bela.

Branca revira os olhos.

— Ela é obcecada por aquele espelho. Você não faz ideia. Ela conversa com ele o tempo todo.

— Então, uma noite, quando a rainha perguntou quem era a mais bela, o espelho respondeu "Branca de Neve".

Branca solta um uivo.

— Por isso ela tentou me matar? Por causa daquele espelho idiota?

— Você é *realmente* bonita — diz Enid. — Talvez o espelho não seja tão idiota.

— Jamais iria saber que ela me queria morta por isso — diz Branca. — Achei que ela só quisesse acabar com meu quarto e mudar a decoração. Ela *ama* mudar a decoração.

— Em todo caso, a rainha ficou realmente zangada — continuo. — E concluiu que se Branca de Neve morresse, ela voltaria a ser a mais bela. E pediu a um dos seus caçadores para matá-la.

Todos na mesa engasgaram.

Bob se vira para Branca:

— Mas você ainda está aqui!

Branca encara a mesa.

— Implorei a Xavier para que não me matasse. Eu disse a ele que ficaria escondida e que nunca mais voltaria ao palácio.

— Por que você não nos contou? — pergunta Frances.

— Era tudo tão horrível — diz Branca. — Eu só queria esquecer.

— O caçador teve pena de você — digo, assentindo. — Mas ele disse à rainha que fez o trabalho. E acho que deu a ela os pulmões e o fígado de algum animal, fingindo serem seus.

Bob bate o punho na mesa.

— Isso é horrível!

— Eu me lembro dessa parte — exclama Jonah, feliz. — Ela não comeu os pedaços?

Faço uma careta. Oito pares de olhos se arregalam, horrorizados.

Claro, *disso* ele se lembra.

— Ela é o mal encarnado — sussurra Tara, apertando a própria trança.

Eu concordo com a cabeça.

— Então ela voltou no espelho e perguntou quem era a mais bela, e o espelho disse que a mais bela ainda era Branca de Neve.

Stan resmunga por baixo daquele dentão.

— Ela deve ter ficado bem zangada!

Como mais um pouco do cozido. Que nojo. Os anões devem gostar da companhia de Branca, porque a comida é nojenta.

— Qual é o verdadeiro nome da rainha? — pergunta Bob.

— Evelyn — diz Branca.

— Evelyn Vilã — digo. Fica mais fácil lembrar assim.

— Ela é realmente uma vilã — diz Branca, em seguida faz um gesto para que eu continue.

— Então Evelyn Vilã resolve que em vez de confiar em alguém para matar Branca, ela mesma o faria.

— Espere, Abby — interrompe meu irmão. — Onde está o rei nisso tudo? Você nunca pensou nisso? Como puderam escrever uma história sobre uma família real deixando o rei de fora?

Olho para Branca.

— Acho que ele é meio banana, né?

Os olhos dela se enchem de lágrimas de novo.

— Ele não é fraco. Ele está morto. Foi morto em batalha quando eu tinha 5 anos.

Eu e minha boca grande. Pobrezinha! Ela perdeu o pai *e* a mãe?

— Lamento muito.

— Tudo bem — diz ela, triste. Então arrasta a cadeira para trás e se levanta. — Alguém quer mais cozido? Fiz bastante.

— Não, obrigado — respondem todos imediatamente. Todos com exceção de Jonah.

— Eu quero, por favor!

Sério?

Branca pega o prato de Jonah.

— Mais ninguém? Vai sobrar muito.

— E o que acontece depois? — pergunta Bob.

— Esqueci o que acontece exatamente — digo, me esforçando para lembrar. — Acho que a madrasta se disfarça de velha e tenta te matar algumas vezes? Ela usa uma corda?

— Verdade! — diz Alan. — Ela as amarrou com tanta força que Branca não conseguia respirar. Chegamos em casa e a encontramos jogada no chão. Tiramos as cordas bem a tempo.

— E depois ela voltou com um pente envenenado — diz Enid, correndo os dedos pelos cabelos rosados.

— Foi horrível — diz Alan. — Chegamos em casa e encontramos Branca no chão de novo.

— Mas então tiramos o pente de seus cabelos e a salvamos bem a tempo — ribomba Alan.

Frances resmunga para Branca, fincando o garfo no ar.

— Você precisa parar de deixar que estranhos entrem na casa. — Então aponta o garfo para mim e para Jonah. — Com exceção desses dois. Talvez. Ainda não me decidi. Agora termine a história.

— Certo — digo. — Então hoje ela tentou pela terceira vez. Planejava dar a Branca uma maçã envenenada. Na história, Branca come a maçã. E, quando vocês voltam para casa, é tarde!

Todos engasgam mais uma vez.

— Tarde demais! — grita Enid.

— Você quer dizer que... — diz Jon, e cobre os olhos. (Aqueles olhos azuis *brilhantes*. Jon é uma gracinha. Ele bem que podia ser um astro de cinema. Isso se, você sabe, fizessem filmes dentro dos contos de fadas).

Eu concordo com a cabeça, incapaz de pronunciar as palavras.

Há um momento de silêncio.

— Que bom que você chegou — diz Enid. — Salvou a vida de Branca.

— Devíamos fazer uma festa para comemorar! — exclama Bob.

Talvez devêssemos mesmo. Salvamos Branca de Neve. Somos incríveis. Somos heróis! Heróis de verdade! Um viva para a gente!

— Não é verdade — diz Jonah. — Na história, o príncipe traz Branca de volta à vida. Não é, Abby?

Ah. Certo. O príncipe.

— Ele traz? Como? — pergunta Tara.

— Bem — digo —, depois que vocês a encontram no chão de novo, a colocam em um... — Estou prestes a dizer *caixão*, mas soa tão assustador. — Em uma urna, na floresta, e então o príncipe chega e a salva.

— Como ele pode salvar alguém que está morto? — pergunta Frances.

— Quando ele a carrega, o pedaço da maçã envenenada cai da boca de Branca, e ela volta à vida — digo. — Ou algo assim.

— Eu pensei que ele desse um beijo nela — diz Jonah. — E por isso ela voltava à vida.

— Não — digo. — Essa não é a história verdadeira. Essa é a versão da Disney.

— Ah, tá — diz Jonah. — Mas isso acontece na história da Bela Adormecida, não é?

— Sim — digo.

— Prefiro a história com beijo — diz Enid.

— Mas não foi o que aconteceu! — digo, ficando irritada. — Quero dizer, não é o que acontece. Quero dizer, o que vai acontecer.

— É romântico mesmo assim — diz Tara, extasiada. Eu a flagro olhando para Jon.

— Então eu não morro? — pergunta Branca.

Bebo um gole de água.

— Na verdade, você morre. Mas depois volta quando o príncipe te salva. Aí vocês se casam e vivem felizes para sempre.

— Todos vivem felizes para sempre nos contos de fadas — diz Jonah.

— Nem todos — digo. — Não os malvados. — A justiça é feita.

— Existem fadas nessa história também? — pergunta Tara, olhos arregalados.

— Não, nessa não — respondo.

— Humpf — bufa Frances. — Isso não faz sentido. Por que se chama conto de fadas, então?

— Quem se importa? — diz Enid, os olhos cintilando. — Esse príncipe é o Trevor? Do reino de Gamel? Tem que ser ele, certo? É o único príncipe solteiro das redondezas.

Gamel e Zamel? Isso é sério?

— Não me lembro do nome exato do príncipe. Mas acho que ele é bonito.

— Tão bonito quanto Jon? — pergunta Tara, e em seguida cobre a boca com uma das mãos.

— Não sei bem — digo, esboçando um sorriso. — Branca, você conhece o príncipe?

— Não — diz Branca.

Frances dá uma fungada.

— Uma vez vi o príncipe Trevor jogar uma pedra em um estranho.

— Ele fez isso?! — digo. — Isso não é muito legal.

Ela dá de ombros.

— Bem, ele tinha 2 anos na época. Mas ainda assim!

— Um brinde! — convoca Alan.

Todos elevam os copos.

— Branca vai se casar com um príncipe!

— Hip, hip, urra! Hip, hip, urra!

Hummm. Tem só um probleminha com essa comemoração.

Branca não comeu a maçã.

O que quer dizer que ela não se envenenou.

E, se ela não se envenenou, então ela não morreu.

E, se ela não morreu, o príncipe provavelmente gatinho não a ressuscitou.

Então ela provavelmente não vai se casar com o príncipe provavelmente gatinho.

E isso significa que provavelmente Jonah e eu destruímos a vida dela.

Capítulo dez

Opa

— Hip, hip, urra! Hip, hip, urra! Hip, hip...
— Parem! — grito. — Branca não vai se casar com o príncipe!

— Mas você acabou de dizer que ela iria — diz Alan, confuso.

— Ela ia, mas nós estragamos tudo. Eu sinto muito. Quando impedimos Branca de comer a maçã, nós mudamos a história. — Por *nós* quero dizer Jonah. Mas não vou deixá-lo em uma situação difícil na frente de todo mundo. — Se ela não for envenenada, o príncipe não pode trazê-la de volta à vida.

Jonah contorce o lábio inferior.

— Eu não pensei nisso.

— Lamentamos muito — digo. — Jonah, peça desculpas a Branca.

— Desculpe — murmura ele, o rosto vermelho.

— Tudo bem — diz Branca, baixando a cabeça. — Não preciso me casar com um príncipe. Não me importo em ficar aqui morando com os anões pelo restante da minha vida.

— Não — digo, sentindo uma onda de pânico. — Não, não, não. *Não* é assim na história. Você não pode ficar aqui cuidando deles pelo restante da sua vida! — Temos que consertar nosso erro. Precisamos. As histórias não deveriam mudar. Simplesmente não deveriam! Veja no que dá quando isso acontece: Branca perde seu príncipe! E precisa ficar na casa dos anões, limpando e cuidando deles. Pelo restante da vida. Simplesmente não é justo. Juízes são as pessoas que fazem justiça, e é o que vou fazer. — E não é justo que Evelyn Vilã consiga se livrar sendo tão vilanesca. Na sua história, ela é punida.

— O que acontece a ela? — pergunta Branca.

— Não me recordo bem — digo, me esforçando para lembrar.

— Ela precisa calçar sapatos bem quentes e dançar até morrer! — grita Jonah.

Claro, *disso* ele se lembra.

Branca estremece.

— Oh. Isso é horrível.

Frances concorda com a cabeça.

— Parece algo que o príncipe Trevor a obrigaria a fazer. Mais uma vez, é como na história da pedra.

— Ele jogou a pedra quando tinha 2 anos! Jonah COMIA pedras quando tinha 2 anos. — Balanço a cabeça. — Preciso consertar a história de Branca de Neve.

— Não se preocupe comigo — diz Branca. — Vou ficar bem. E vocês dois precisam voltar para casa. Seus pais vão ficar preocupados.

— Não, vocês não podem ir agora — diz Bob. — Já está escuro. É muito perigoso. Vão passar a noite aqui.

— Imagino que vocês não tenham um carro para nos levar para casa, né? — pergunta Jonah.

— Temos Yopopa — diz Bob. — É nosso cavalo.

— Ele é um gênio — completa Alan.

Não consigo não rir quando ouço o nome do cavalo. E... um cavalo pode ser genial? Pessoas, tudo bem. Talvez eu seja. Mas um cavalo chamado Yopopa? Duvido muito.

— O que é um carro? — pergunta Tara.

— É uma carruagem sem cavalo — explico.

Frances semicerra os olhos.

— Você tem certeza de que não é bruxa?

— Tenho — digo. — Mas também não acho que um carro nem Yopopa poderiam nos levar para casa.

E como saber quem poderia? E como saber o que está acontecendo na minha casa? Olho o relógio no meu pulso. São meia-noite e quinze. Como pode? Faltavam alguns minutos para meia-noite quando fomos sugados pelo espelho. E ficamos vagando por aí por pelo menos algumas horas. Talvez o relógio tenha parado porque a bateria acabou? Ou talvez porque o tempo parou lá em casa. Bem, por que não? Faz tanto sentido quanto qualquer outra coisa. Quando finalmente chegarmos em casa, chegaremos na mesma hora em que saímos e meus pais não vão nem perceber que estivemos fora. Perfeito!

Olho pela janela e percebo que *está* bem escuro lá fora. E assustador. E, de qualquer modo, não posso ir embora sem descobrir como consertar a história da Branca de Neve. Simplesmente não posso. Não seria justo.

— Vocês têm certeza de que temos onde dormir aqui? — pergunto. Não quero forçar a barra.

— É claro — diz Alan.

Olá, festa do pijama dos contos de fadas!

— Então vamos ficar.

— Jonah — sussurro de maneira irritada algumas horas mais tarde. — Você chutou minha cara!

Infelizmente, Alan se esqueceu de avisar que eu e Jonah teríamos que dividir a cama.

Meus pés estão pendurados, e os do meu irmão estão próximos demais da minha boca. Estamos dormindo em lados opostos de uma minicama-de-anão no quarto de Branca.

Como vou conseguir dormir assim? E eu preciso dormir. Estou muito cansada. Passei zilhões de horas acordada. Tá bom, é exagero meu. Na verdade, nem sei por quanto tempo estou acordada, afinal meu relógio parou de funcionar. Mas sei que preciso descansar um pouco se realmente quiser inventar um plano para consertar a história de Branca. E depois disso dar um jeito de nos levar para casa.

— Desculpe — diz ele. Então se remexe. E vira. E se remexe de novo. — Não estou cansado. Podemos sair para explorar? Quero ver crocodilos. E dragões. E piratas. E...

— Shhh — digo, indicando a cama ao nosso lado. — Branca está dormindo. E você deveria estar dormindo também. E não, não podemos explorar. Precisamos dar um jeito de consertar a história de Branca. E depois temos que descobrir como voltar para casa.

— Não precisam consertar minha história — diz Branca. — Estou bem do jeito que estou.

— Você está acordada — digo. — Nós acordamos você?

— Não costumo dormir muito bem — admite ela. — Desde que... — A voz de Branca falha.

— Desde...? — pergunta Jonah.

— Desde que meu pai morreu — comenta ela num tom suave. Mesmo no escuro, consigo perceber a expressão de tristeza em seu rosto. — Minha mãe morreu logo depois que nasci, então não a conheci de verdade. Meu pai se casou de novo e morreu alguns anos depois. E Evelyn Vilã nunca gostou do fato de eu estar por perto.

— Como era morar com Evelyn Vilã? — pergunto.

Branca dá uma fungada.

— Ela simplesmente me ignorava. O castelo tinha muitos empregados, então alguém sempre me ajudava a comer, a me vestir e por aí vai. Então um dia ela começou a prestar atenção em mim. Deve ter sido quando o espelho disse que eu era bonita.

Suspiro. Eu me sinto tão mal por ela. Precisamos consertar sua história. Não é justo! Por que Branca precisa limpar e cozinhar para os anões quando deveria ter o próprio palácio? Por que Evelyn Vilã deveria se safar de seu comportamento vilanesco? E o príncipe? Se não consertarmos a história de Branca, ela nunca vai conhecê-lo, nunca vai se apaixonar por ele, nem viver feliz para sempre.

— Sinto muito por termos interrompido Evelyn Vilã ontem — digo a ela.

— Ah, não se preocupe — diz Branca. — Tenho certeza de que minha madrasta vai tentar de novo. Ela já tentou me matar três vezes.

— E por que você continua deixando que ela entre? — pergunta Jonah.

Ela olha para as próprias mãos com uma expressão de tristeza.

— Não sei. Acho que tenho esperança de não ser ela. Ou de que ela não me odeie *tanto* assim. Meu pai costumava dizer que precisamos acreditar no lado bom das pessoas.

— É claro que você deve acreditar no lado bom das pessoas — digo. — Só que não quando essas pessoas estão tentando matar você. Mas tem razão. Evelyn Vilã vai tentar de novo, com certeza. Na verdade, provavelmente ela está berrando com o espelho neste instante, perguntando quem é a mais bela de todas. Quando o espelho disser que é você, ela vai começar a bolar um novo plano para te matar. — Uma ideia explode na minha mente como fogos de artifício. — Espere aí, isso é muito bom! Oba!

— Hum, oba — diz Branca. — Oba.

— "Oba" não porque ela vai matar você. "Oba" porque vamos consertar sua história. Veja bem, ela provavelmente vai usar outro disfarce para vir aqui. E dessa vez não iremos interrompê-la. Vamos deixar que ela envenene você.

— Vamos deixar? — pergunta Jonah, inseguro.

— Sim! É essa a questão, certo? Branca é envenenada, você não fica pedindo maçã alguma, e a história acontece como deve acontecer.

— Mas como você sabe que ela vai usar veneno de novo? — pergunta Jonah. — Na primeira vez ela não usou. Ela tentou amarrar Branca para que morresse.

Verdade.

Branca estremece.

— E depois foi a vez do plano para comer meus pulmões e meu fígado.

— Sua madrasta tem sérios problemas — concordo.

— Mas ela usou veneno nas últimas duas vezes. Então espero que use de novo.

— Ela *é* fã de venenos — diz Branca.

— Exatamente. Então contanto que seja veneno mais uma vez, é o que faremos. Branca vai ingerir o veneno, vai desmaiar, os anões a colocarão na urna, o príncipe vai encontrá-la e salvá-la, e ela vai voltar à vida...

— E eles viverão felizes para sempre! — diz Jonah.

Ufa. Estou me sentindo bem melhor agora. Tudo vai continuar como era. É um plano perfeito. Sou muito boa com planos. Tenho certeza de que é preciso ser boa com planos para ser juíza. Porque assim é possível planejar como as pessoas serão punidas e tal.

— Quando você acha que ela vem? — pergunta Branca.

Viro meu travesseiro para deitar no lado mais frio.

— Boa pergunta. Quando foi a última vez que ela veio?

— Hoje — disse Branca.

— Não, me refiro à vez anterior.
— Ontem.
— E antes disso?
— Anteontem.
— Perfeito — digo, animada. — Posso apostar então que ela virá amanhã. — Maravilha. Cuidaremos de tudo amanhã.

Um: consertamos a história de Branca.

Dois: damos um jeito de voltar para casa.

Capítulo onze

Todo mundo gosta de biscoito

Todos os anões estão no trabalho quando ouço uma batida à porta. Não sei ao certo o que eles fazem, mas parecem bastante dedicados.

— É ela! — sussurro, e abaixo minha colher. Também não estou amando meu café da manhã. O mingau que Branca faz não é grande coisa.

Ela fica ainda mais branca que o normal.

— Talvez eu não deva atender.

Coloco as mãos na cintura.

— Você precisa atender! Esse é o plano.

Jonah cutuca meu braço.

— Quando poderemos explorar?

— Agora não, Jonah — sussurro.

— Eu sei. Mas quando, então?

— Shhh! Quando terminarmos aqui.

— Mas eu não quero ser envenenada — choraminga Branca. — Acho que prefiro apenas morar aqui. E permanecer "desenvenenada".

— Aposto que você nem vai sentir nada — digo, embora não tenha certeza de que isso seja verdade. A história nunca mencionou nada sobre o veneno provocar dor, certo?

Dou uma olhada através da cortina, esperando ver a velhinha do dia anterior, mas, em vez disso, há uma jovem parada ali. Ela usa um vestido branco e maria-chiquinha. Carrega um prato com biscoitos de aspecto grudento.

— Alarme falso — digo. — É só uma garotinha.

— Abby... — diz Jonah.

— Eu disse shhh, Jonah.

Em vez de se calar, ele saltita.

— Ela usa disfarces diferentes. Provavelmente é Evelyn Vilã fantasiada de menina.

— Ah, verdade. — Dã. É claro. Eu devia ter percebido que ela continuava alta. É a rainha disfarçada! Ela é tão ardilosa! E tem biscoitos envenenados! — Branca, você está pronta? Vamos em frente! Abra a porta e aja normalmente. Você não vai querer que ela suspeite de nada.

— Desculpa! — grita Branca através das cortinas. — Não tenho permissão para abrir a porta!

O que ela está fazendo?

— Precisa atender a porta! Ou ela não vai envenenar você!

— Você me pediu para agir normalmente — devolveu Branca. — É isso que digo normalmente.

— Tudo bem, mas não deixe que ela vá embora.

— Tenho biscoitos! — chama a garota lá fora. — Biscoitos com gotas de chocolate! Estou distribuindo! Você quer um? Sou só uma garotinha! Uma garotinha inofensiva!

— Perfeito — sussurro para Branca. — Os biscoitos são como a maçã. Você come um deles, desmaia, e a história se desenrola como deveria. Caso encerrado. — Dou um passo para trás a fim de que Evelyn Vilã não me veja, mas puxo um pedacinho da cortina para conseguir enxergar. Jonah se agacha atrás do sofá.

Branca inspira profundamente.

— Lá vou eu! — Ela abre a porta e olha para a garotinha. — Olá, menina — diz num tom meigo.

Como a porta é do tipo que abre para dentro, ela bloqueia um pouco minha visão. Ainda consigo ver pela janela, entretanto. Há um brilho perverso nos olhos da garota. Também posso ver suas sardas. Evelyn Vilã caprichou neste disfarce. Tenho certeza de que ela arrasa na noite de Dia das Bruxas.

A rainha praticamente esfrega o prato de biscoitos no nariz de Branca.

— Você quer um? O cheiro não é delicioso?

Meu estômago ronca. Eles realmente têm um cheiro muito bom. Eu meio que quero um biscoito. Principalmente porque não comi meu mingau todo.

Nada de biscoito envenenado! Nada de biscoito envenenado!

— Bem, hum, tudo bem — diz Branca, a voz trêmula. — Vou comer um de seus biscoitos.

— Aqui estão — diz a garotinha. — É só escolher.

Dou uma bufada. Não acredito que a rainha ache que Branca cairia na mesma história. Está bem óbvio que ela não é tão esperta assim. Hum. Mas eu também quase caí.

— Tu-tudo bem — diz Branca. — Vou comer. Vou pegar um. Vou pegar um. Aqui vou eu. — Ela sai para pegar um biscoito e, lentamente, *muuuuito lentameeeente*, o leva à boca.

Não tem volta agora! Ela vai morder o biscoito. A história vai continuar sendo como deveria. Problema resolvido. Agora tudo que precisamos fazer é pensar em como retornar para casa.

Branca abre a boca e dá uma mordidinha.

E é aí que vejo.

A garota esconde um martelo às costas.

Um martelo.

Um martelo?

Ela levanta o martelo e inicia um movimento em direção à cabeça de Branca.

Nãããããoooooo! Não é esse o plano! Não tem martelo algum no meu plano!

— Pare! — grito a plenos pulmões.

Pulo na direção de Branca e a tiro do caminho. Caímos as duas no chão.

Branca cospe o biscoito.

Ao mesmo tempo, o martelo da garota voa e erra o alvo.

— Droga! — lamenta a menina, girando como um pião.

— Por que você fez isso? — Branca me pergunta, se apoiando nos cotovelos.

— Ela ia atingir você com um martelo! — A madrasta poderia ter partido Branca ao meio, ou podia ter amassado a cabeça dela! Um belo príncipe se apaixonaria por alguém com a cabeça amassada? Tipo, fala sério. E como saber se uma Branca amassada poderia voltar à vida?

— Você de novo — cospe a garotinha, os lábios recurvando de escárnio.

A maquiagem começa a derreter, e já dá para ver Evelyn Vilã por baixo do disfarce. E, sim, ela de fato está usando uma chave presa a uma corrente no pescoço. Pra que aquilo, afinal? Ela precisa dar corda em si mesma feito uma caixinha de música ou coisa assim?

Evelyn Vilã sacode a unha comprida e pintada de preto na minha cara. Hum. Não vou ser enganada mais uma vez. Se aquela chave não a entregasse, as garras certamente o fariam.

— Por que está estragando meu plano? — rosna ela.

Ela tá de brincadeira?

— Eu estou estragando *seu* plano? Você está estragando *meu* plano!

Antes que ela pudesse *me* acertar com o martelo, chuto a porta com o pé descalço.

Evelyn Vilã tenta mantê-la aberta.

— Eu vou entrar! Você não pode me impedir! — Ela empurra a porta e em seguida a chuta. Então para. Olho pela janela. Dois segundos depois, ela começa a murmurar sozinha e martelar a porta.

Na segunda batida, as dobradiças quase se soltam.

— Talvez isso ajude — diz Jonah, empurrando o minissofá contra a porta.

— Boa ideia — digo. — Traga mais! — Nós três pegamos a mesinha de jantar e as cadeirinhas. São muito mais leves (e menores) do que eu gostaria.

Eu empurro, Branca empurra e meu irmão empurra. Não vamos — não, não vamos *mesmo* — deixar Evelyn Vilã entrar! Do outro lado, ela grita, resmunga e martela. Bloqueamos a porta com todos os móveis e utensílios que conseguimos encontrar. O cesto de lixo. Cadeiras. Uma panela grande. Felizmente, as janelas também são proporcionais aos anões. De jeito nenhum Evelyn Vilã conseguiria passar por uma delas.

— Temos que afugentá-la — diz Jonah.

— Mas como? — pergunta Branca.

— Temos água fervente! — grito. — Se você não for embora em três segundos, vamos jogar tudo em você.

— Não temos água fervente — cochicha Branca.

— Ela não sabe disso — sussurro de volta.

Eu nunca jogaria água fervente em alguém. Mas Evelyn Vilã provavelmente acha que todos são tão malvados quanto ela.

Há uma pausa.

— Vou jogar! — grito, me sentindo um pouco enjoada só de pensar naquilo. — Queimaduras e bolhas cobrirão seu corpo! Você nem vai chegar perto de ser a segunda pessoa mais bonita do reino. Será a mais feia!

— Eu voltarei! — Ouvimos a madrasta dizer.

E logo tudo se aquieta.

— Acho que ela foi embora — digo finalmente.

Branca olha por baixo das cortinas.

— Eu não a vejo. — Ela suspira, aliviada.

— E agora? — pergunta Jonah.

Boa pergunta.

— Podemos tirar o bloqueio, então? — pergunta Branca.

Eu me arrasto até o sofá e me jogo nas almofadas.

— Vamos deixar assim. Só por garantia.

— Ela aparece apenas uma vez ao dia — diz Branca.

— Podemos tentar de novo amanhã. Agora me ajudem a arrumar isso antes que os anões voltem. Frances odeia ver as coisas fora do lugar.

Não me sinto muito bem.

— Esse plano de deixar Branca quase morrer não está dando certo. E se, quando ela voltar, trouxer um caminhão e derrubar o chalé?

— O que é um caminhão? — pergunta Branca.

— Uma imensa carruagem sem cavalos — explica Jonah.

— Mas e se ela voltar com um canhão? Ou com um dragão? E se ela continuar voltando até terminar o que pretende? — penso em voz alta.

Precisamos salvar a história de Branca. Antes que não sobre Branca alguma para ser salva.

Capítulo doze

Pulando a poça

Depois que nosso plano com o biscoito envenenado falhou, retorno à floresta e tento refazer nossos passos. Não que esteja pronta para voltar para casa. Não posso ir embora de Zamel antes de descobrir como voltar a história de Branca para o ponto em que estava. Ela é tão legal. Merece um final feliz. Não é justo que não consiga tê-lo por nossa causa. E, assim que a história for consertada, quero fugir daqui o mais depressa possível. Acho que o tempo parou em Smithville, mas e se não tiver parado? Não quero que meus pais fiquem preocupados.

Porém primeiro consertaremos a história. TEMOS que fazer isso. Se não fizermos, Evelyn Vilã poderia voltar e matar Branca de verdade.

Não posso permitir que isso aconteça. Branca não pode MORRER por nossa causa.

Sinto frio e enjoo só de pensar nessa possibilidade.

— Aqui — diz Jonah. — Nós saímos daqui.

— Como você sabe? — pergunto. — Para mim, todas as árvores são iguais. — Esqueça Yopopa. Será que meu irmão é um gênio? Um gênio *nato*?

Ele aponta para uma pilha de objetos no chão:

— Estou vendo os livros de Direito da mamãe e do papai. E a cadeira do computador está atrás daquela árvore.

Ah. Tá.

— Foi por aqui que vocês dois chegaram? — pergunta Branca. Ela pega um dos livros de Direito do gramado e o folheia.

— Foi — respondo. — Agora só precisamos entender como voltar para casa.

— Para chegar aqui eu tive que bater no espelho três vezes — diz Jonah. — E se eu fizer isso de novo?

— Mas não há espelho algum aqui — diz Branca.

— Bem lembrado — diz Jonah.

— E se usarmos uma outra coisa que tenha um reflexo? — pergunto.

Jonah aponta para longe.

— Vejam, uma poça! Água! Água tem reflexo, certo?

Sim.

— Perfeito!

Nós três corremos em direção à poça.

— Vou tentar — diz Jonah.

— Espere — digo. — Mas e se funcionar? Ainda não podemos voltar para casa. — E se a poça nos puxar e formos parar em nosso porão de novo? — Ainda não consertamos a história da Branca de Neve.

E se ela for puxada conosco? Como vou explicar para meus pais?

Não que eles fossem se importar. Ela *é* realmente legal. E sua comida pode ser meio nojenta, mas ela limpa *muito bem*. Podia até ficar no meu quarto. Poderíamos ser melhores amigas — ela poderia ser a irmã mais velha que eu não tive, mas que sempre quis ter. Isso! Ela me emprestaria suas roupas, faria tranças no meu cabelo e me ensinaria a plantar bananeira.

Só que ela não poderia mandar em Jonah. Essa função é minha. Ela não poderia mandar em mim também.

Talvez, na verdade, eu não queira uma irmã mais velha.

— Não vou bater mais de duas vezes — diz Jonah. — O espelho no porão soltou um assobio quando bati uma vez, então ficou roxo quando bati pela segunda vez. Se a poça ficar roxa, eu paro.

— Perfeito — digo. Mas duvido que vá funcionar. Não tem muito reflexo na poça. Só um monte de lama.

Jonah se ajoelha. E vejo quando ele cerra os dedos. Aí bate uma vez. Ou ao menos tenta bater. E, em vez disso, acaba enfiando o punho na água suja.

Branca e eu damos risadas.

Jonah parece confuso. Então diz:

— Vou tentar de novo.

E o faz. *Splash*. E rimos de novo.

— Não está assobiando nem ficando roxo — diz ele, a decepção em seu rosto.

Olho para baixo, na direção da poça d'água ainda marrom e ainda parada.

— Nada.

— Mais uma vez — diz Jonah, e levanta o punho.

— Não — peço. — Não vamos arriscar. — E se a água estiver marrom demais para vermos que na verdade está roxa? E se a parte do assovio não estiver funcionando? A coisa toda ainda poderia funcionar na terceira batida, e aí seríamos sugados para casa!

Tarde demais. A mão de Jonah atinge a poça. *Splash*! Nada de roxo. Nada de assobio. Só a mão cheia de lama.

Ufa. Felizmente.

— Talvez tenhamos que fazer do mesmo jeito de quando viemos — digo, enquanto Jonah limpa a mão em uma folha.

— Mas não tem porão no chalé — lembra Jonah.

— Não estou falando do porão — digo. — Mas de um espelho de verdade.

— Enid tem um espelho — diz Branca. — Pode tentar com o dela.

— Esse espelho é mágico? — pergunta Jonah cheio de esperança. — Porque precisamos mesmo é de um espelho mágico.

Branca balança a cabeça.

— Sinto muito. Mas conheço apenas uma pessoa que tem um espelho mágico. Minha madrasta.

Fico de queixo caído. É claro! Evelyn Vilã tem um espelho mágico! Foi assim que Branca se envolveu nessa confusão toda, aliás.

— Aposto que o espelho dela poderia nos levar para casa. Ou pelo menos saberia como nos levar para casa. Já que ele é mágico e tal.

Branca balança a cabeça.

— Ela nunca deixaria que usássemos o espelho. Ela não é muito chegada em dividir suas coisas. E teríamos que entrar lá escondido.

— Onde Evelyn Vilã conseguiu o espelho? — pergunto. Talvez existam outros. Ué, por que não? Tenho um no meu porão.

— Veio com o castelo — explica ela. — Passa de uma rainha para outra. — Os olhos dela ficam cheios de lágrimas. — O espelho era da minha mãe.

Posso sentir as lágrimas em meus olhos também. Tadinha da Branca de Neve. Não tem mãe. Nem pai.

Sinto um nó no estômago. Sinto saudade dos meus pais. Muita saudade mesmo. E se eu estiver errada sobre o tempo ter parado na minha casa? E se neste instante ele estiverem sentindo saudade de mim também?

— Mas tenho certeza de que minha mãe nunca o usou para fazer maldades — completa Branca.

Pisco para afastar as lágrimas.

— Acho que teremos que entrar escondido.

Branca fica ainda mais branca de medo. Algo bem impressionante, já que ela é, bem, branca como a neve.

— Estou com medo. Se ela nos vir, vai nos jogar nas masmorras. Ou nos matar. Provavelmente nos matar.

Jonah arregala os olhos.

— Você acha que ela também comeria nossos pulmões e nosso fígado?

Branca assente.

— Talvez.

— Você acha que ela usaria catchup? Deve ser bem nojento comer isso sem catchup.

Reviro os olhos.

— Ela não vai comer a gente, tá? Não vamos deixar que ela nos veja. Vamos *entrar escondido*, não vai ser uma *entrada apoteótica*. De qualquer modo, talvez o espelho no chalé funcione, daí não precisaremos ir até lá.

No caminho de volta para o chalé, Branca diz:

— Tenho uma ideia para consertar minha história. Mas talvez seja bobagem.

— Meu professor sempre diz que não existem ideias bobas — digo. — Apenas pessoas bobas. Espere, acho que não é exatamente isso que ele diz.

Branca parece chateada.

— Você acha que sou boba?

— É claro que não! — É verdade que ela caiu no truque da rainha disfarçada várias vezes. Mas isso é porque ela é boazinha demais. E eu quase caí na dela também. Só que apenas uma vez. — Você só confia demais nos outros — digo. — E às vezes você deixa que as pessoas mandem em você.

Ela enrosca o cabelo no dedo.

— O que você quer dizer com isso?

— Bem, você é uma princesa. Mas mora em um chalé com estranhos, em vez de morar no seu castelo. Deve existir um jeito de recuperar o que é seu por direito.

Ela anda por alguns instantes sem dizer nada.

— É que minha madrasta tem muito mais atitude do que eu. Eu sou fraca.

— Branca, ela já tentou comer seus pulmões, sufocar você, envenenar você e esmagar você com um martelo. Mas você conseguiu sobreviver a todas essas tentativas. Você é mais forte do que pensa.

Ela arregala os olhos.

— Nunca pensei por este ângulo.

— Bem, então deveria. Você é um biscoito duro de roer e sem veneno! Agora me diga: qual é sua ideia?

Ela apruma os ombros e endireita as costas, parecendo mais alta.

— Bem, você disse que o príncipe me encontra morta, se apaixona por mim e depois me ressuscita, certo?

— Exatamente.

— E se simplesmente pularmos a parte da morte? Eu fico deitada na tal urna, de olhos fechados, fingindo que fui envenenada. Ele aparece, se apaixona, me leva no colo para casa e volto à vida num pulo. Só que nunca cheguei a morrer!

Eu paro de andar e olho para ela.

— Então a história vai ficar mais ou menos igual, mas você não precisa ser envenenada. Nem ter a cabeça amassada por um martelo.

Ela morde o dedão.

— É uma ideia boba?

Entrelaço meu braço ao dela.

— De jeito nenhum. Quer saber? Talvez até funcione.

Alguns minutos mais tarde, estamos de novo chalé, batendo no espelho de Enid.

Nada acontece.

Batemos também em todos as panelas que refletem, só por garantia.

Nada. Nenhum assobio ou roxo em lugar algum.

— E agora? — pergunta Jonah.

— Primeiro vamos consertar a história de Branca — digo. — Depois entraremos escondido no castelo de Evelyn Vilã para fazermos uma visita ao espelho mágico.

— Então vamos ficar mais uma noite? Oba!

— Nada de oba. Não estou exatamente ansiosa por mais uma noite com você colocando o pé na minha cara. Também não quero que mamãe e papai fiquem preocupados.

— Mas, Abby, você disse que o tempo havia parado lá em casa — diz Jonah. — Isso quer dizer que nossos pais estão dormindo. Eles nem sabem que não estamos em casa!

— Eu sei... — Olho para meu relógio. — Espere aí. Ele diz que são meia-noite e cinco agora. Meu relógio está funcionando de novo! Mas muito devagar. No tempo dos contos de fadas, estamos aqui há um dia inteiro. Mas meu relógio mostra que apenas uma hora se passou desde que chegamos. Hum. Talvez o tempo não tenha parado na nossa casa como supus. Talvez na verdade seja meia-noite e cinco lá em casa agora. Então um dia aqui equivale a uma hora em nossa casa.

— Então podemos ficar?

— Bem, mamãe e papai acordam às seis e quarenta e cinco e nos chamam às sete. Então, contanto que não fiquemos aqui por mais de seis dias, voltaremos para casa antes que eles percebam que saímos.

Ele dá de ombros.

— Moleza.

— Certo — digo. — Vamos ficar. Mas, se você chutar minha cara de novo, vou dar uma de Evelyn Vilã e comerei seu...

— Meu fígado? — Ele ri.

Dou uma mordida no ar.

— Seus dedinhos do pé.

Capítulo treze

As colinas têm vida

Na manhã seguinte, antes de sairmos, pergunto a Branca se eu e Jonah podemos pegar algumas roupas emprestadas.

— Não preciso de nada — diz Jonah, olhando com pânico para os vestidos de Branca de Neve.

— Hum, você precisa sim. Estamos usando esses pijamas há dois dias. Precisamos trocar de roupa. — Também precisamos de um banho, mas as banheiras daqui me dão arrepios. E é preciso trazer a água para o banho. Usar o banheiro que ficava do lado de fora da casa já era terrível o suficiente.

Dez minutos depois, estou vestindo uma saia azul, uma blusa cor-de-rosa e sandálias de Branca de Neve. Ela também me emprestou um laço vermelho, o qual estou usando para prender o cabelo como uma faixa. Jonah pegou emprestado de Alan calças e uma camisa com estampa xadrez. Embora Alan fosse o mais alto dos anões, as calças paravam na altura dos joelhos de Jonah. E a camisa estava tão apertada que os botões pareciam prestes a estourar.

— Estou preparando sanduíches de carne ensopada para todos — avisa Branca. — Sobrou tanto ensopado que consegui fazer sanduíches para a semana toda. Temos toneladas deles!

Senhoras e senhores do júri. O que é mais nojento: sanduíches de carne ensopada ou sanduíches de banana amassada? Escolha difícil, hein?

Jonah se oferece para carregar os sanduíches em uma sacola de couro que pegou emprestada de Bob. A bolsa tem duas alças, então ele a usa como se fosse uma mochila.

Os anões concordaram com o plano de Branca e construíram uma urna para ela. Existe um lugar em uma colina próxima do qual eles gostam muito, então imaginam que seria onde colocariam a urna caso Branca tivesse sido de fato envenenada. Infelizmente, não sabemos ao certo e, por isso, precisamos fazer o melhor possível.

Não estou feliz fazendo o melhor possível.

Eu preferia saber exatamente onde deveríamos estar.

Uma vez que carregamos a urna até o topo da montanha, os anões nos desejam sorte e vão trabalhar.

O plano é: Branca, Jonah e eu aguardaremos até começar a anoitecer, porém iremos embora antes que fique escuro demais. Não é como se o príncipe fosse aparecer no meio da noite. Espero. Ainda assim, à noite ele não conseguiria enxergar Branca, nem mesmo sob a luz da lua.

Branca sobe na urna. Ajeito o cabelo dela e deixo a tampa da caixa aberta. Ele precisa vê-la, certo?

Branca pega um livro. Se chama *Legislação imobiliária básica*.

Ei!

— Esse livro é dos meus pais?

Ela fica corada.

— Sim. Peguei emprestado lá na floresta. Tem problema?

— Claro que não... — Se ela se casar com o príncipe, talvez vire rainha um dia. E rainhas devem ser bem instruídas.

Crec.

— Um animal! — comemora Jonah. — Um animal perigoso!

Grrrrhhh.

— Está vindo de trás daquela árvore! — exclama Jonah. E antes que eu possa impedi-lo, ele segue em direção ao barulho.

— Não, Jonah! — berro.

Grrrrrrrrrhhhhhhhhh.

Jogo-me de forma louca em cima dele. Vou salvá-lo! Vou impedir que a besta maligna devore meu irmão! Farei o que for necessário!

A besta que urra sai de trás da árvore.

É um porco selvagem.

— *Grrrrrrrhhhhhhhhhh!* — grita o porco.

— Oi — diz Jonah. — Quer brincar com a gente?

O porco dá uma olhadinha em nós e, então, sai apressado.

— Javalis se assustam com facilidade — explica Branca.

— Posso ir atrás dele? — pede Jonah.

— Não — devolvo.

— Por favor?

— Não. — Eu me sento perto de uma árvore próxima e gesticulo para que Jonah faça o mesmo.

Ele esperneia, porém obedece.

Aguardamos. E aguardamos.

— Quando você acha que o príncipe vai chegar?

— Não faço ideia, Jonah.

— Em cinco minutos? Ou na semana que vem?

Ele está me irritando MUITO.

— Não sei mesmo, Jonah.

Com um graveto, desenho a grade do jogo da velha na terra e faço um gesto para que Jonah comece. Ele ganha. Depois eu ganho. Então ele ganha de novo.

— Vamos explorar a região — diz Jonah, cinco minutos depois.

— Agora não, Jonah. Estamos esperando.

— Estou cansado de esperar — resmunga ele.

— Estou cansada de você sendo tão chato — resmungo de volta. — Vou ver como Branca está.

As bochechas dela estão bem rosadas.

— Você tá bem? — pergunto. — Parece com calor.

Ela pousa o livro na barriga.

— Estou bem. Não se preocupe comigo. Vocês estão bem?

— Branca, você está usando protetor solar?

O rosto dela fica franzido.

— Um protetor para o sol?

— Acho que vocês não têm problemas com a camada de ozônio por aqui.

— Ozônio?

Seria bom se um dicionário tivesse vindo até a terra dos contos de fadas. Branca poderia estudar isso também.

— Vamos colocar a urna na sombra — digo. — E nos esquecemos de trazer água.

— Eu sei — diz ela. — Desculpem. Eu devia ter lembrado. E desculpem por incomodar vocês. Estou bem.

— Branca! Você não está incomodando. Não tem importância. Queremos que fique confortável. Venha, saia daí.

Branca sai da urna e se alonga. Nunca que aquela caixa pode ser confortável. Nós três deslocamos a urna alguns metros para a esquerda a fim de que fique embaixo de uma árvore. Então ela volta lá para dentro.

— E como é ser princesa? — pergunto.

— Ah, você sabe. — Ela dá de ombros.

— Não sei, não. Você vai a muitos bailes?

— Alguns — diz ela.

— Você tem uma coroa?

— Sim.

— Sortuda — digo.

Ela suspira.

— É você quem é sortuda.

— Eu? Nunca tive uma coroa.

— Você tem um irmão.

Dou uma bufada. A menina que vive dentro de um conto de fadas está *me* chamando de sortuda? Por causa do meu irmão? Do meu irmão-tão-irritante?

Olho para Jonah, que está construindo uma torre de gravetos. Ele tem uma expressão determinada, e seus lábios estão contraídos daquele jeitinho que ele costuma fazer.

Jonah deve ter percebido que eu olhava para ele, porque levantou a cabeça e me lançou um grande sorriso. Um sorriso adorável.

Ahhhh. Ele é fofo.

É claro que ele sabe ser irritante, mas estou feliz por tê-lo aqui comigo. Faz com que Zamel — e qualquer outro lugar, para ser sincera — se torne um pouco mais divertido.

— É — admito. — Acho que sou sortuda, sim.

Ela concorda com a cabeça.

— Eu adoraria ter tido um irmão. Ou uma irmã.

— Eu gostaria de ter uma irmã também — digo. Olho para ela de soslaio. — Ei, Branca?

— Sim?

— Você sabe fazer trança embutida?

Ela balança a cabeça negativamente.

Hum.

— Você sabe como plantar bananeira?

Ela assente.

— Pode me mostrar como é?

Ela fica sentada.

— E saio da caixa?

— Acho que você não precisa ficar aí o tempo todo. Vamos ouvir se um cavalo se aproximar.

Ela praticamente dá um pulo até o chão.

— Vamos lá — diz.

Branca ensina a mim e ao meu irmão como plantar bananeira. Jonah aprende de primeira. Eu demoro um pouco mais.

Estamos nos divertindo tanto que mal percebemos quando começa a escurecer.

— Deveríamos ir para casa — diz Branca, as bochechas coradas de felicidade e de tanto virar de cabeça para baixo.

Então vamos embora.

Já é outro dia. Meu relógio mostra que são quase três da manhã no mundo real. Ainda temos quatro horas reais pela frente. E quatro dias Zamel para voltar para casa.

Escalamos até a clareira novamente. Desta vez carrego um cantil imenso de água. Branca coloca mais sanduíches nojentos de carne ensopada na bolsa que Jonah pegou emprestado.

Quando chegamos à clareira, Branca aponta para a urna.

— Ora, vejam! Um travesseiro! Que gentil. — Ela se adianta.

— Eu devia ter trazido um travesseiro — digo. — Assim poderia tirar um cochilo. Não dormi praticamente nada ontem à noite.

— É mesmo? — pergunta Jonah, todo inocente. — Dormi muito bem.

— Com certeza você estava bem confortável.

Não foi só culpa dele eu não ter dormido. Não consigo dormir quando estou preocupada. E eu *estou* preocupada. Preocupada com essa coisa de encontrar o caminho para casa. De salvar a história de Branca de Neve. De salvar a vida dela.

Espere um instante. Eu me viro para Jonah:

— Você trouxe um travesseiro?

Ele balança a cabeça.

— Eu não trouxe um travesseiro — respondo. — Se você não trouxe um travesseiro nem eu, então quem trouxe?

— Um dos anões?

Ou...

— Evelyn Vilã! — gritamos os dois em uníssono.

— Não deite aí! — grito, enquanto seguimos até Branca. — Travesseiro envenenado! Travesseiro envenenado!

Branca dá um berro. Ah! É tarde demais!

Branca se levanta de repente, as pontas dos cabelos queimadas como se ela tivesse ficado muito perto do fogo.

— Oh! Oh! Oh!

Corro até ela, levanto o cantil e derramo água em sua cabeça.

Seu cabelo chia.

— Oh, oh, oh — soluça ela.

— Evelyn Vilã está nos espionando! — exclama Jonah.
— Que assustador!
— Você está bem? — pergunto, tremendo.
Branca concorda com a cabeça.
— Você ainda é a mais bela de todas — digo.
— Às vezes eu gostaria de não ser — diz ela, e suspira.

Capítulo catorze

Ele chegou, ele chegou... ele se foi

Meu estômago está embrulhado. Estamos esperando faz dois dias.

Para ajudar a passar o tempo, ensinamos a Branca como brincar de pique.

— Já ouviu falar em pique-congela? — pergunta Jonah. — É muito divertido. Meus novos amigos da escola me ensinaram.

Dou uma olhada para ele.

— Pique normal ou nada.

Brincamos de pique normal. Não é tão legal com apenas três pessoas. Mas tenho certeza de que pique-congela seria ainda menos divertido. Então ficamos entediados. Branca volta a ler *Legislação imobiliária básica*.

— Aprendeu algo de bom? — pergunto.

— Aprendi, sim — diz ela. — Estou lendo sobre testamentos.

— O que é um testamento? — pergunta Jonah.

— É um documento legal que informa quem fica com as posses de uma pessoa depois que ela morre — diz Branca. Ela dá um tapinha na capa do livro. — De acordo com este livro, a esposa herda automaticamente todos os bens do marido depois que ele morre. Mas não se o testamento disser outra coisa. Daí fico pensando: será que meu pai tinha um testamento?

— Você não saberia se ele tivesse? — questiono.

— Acho que sim — responde ela, e suspira. — Só estava pensando.

Voltamos a brincar com os gravetos. E ficamos entediados de novo.

— Abby, e se o príncipe não vier hoje? — pergunta meu irmão.

— Ele virá logo — digo. Ele precisa vir.

Jonah fica cutucando o chão com um graveto.

— Mas e se demorar meses para ele aparecer? E se demorar anos? Mamãe e papai vão ficar muito zangados. E eu não quero perder o Hanukkah. E definitivamente não quero perder meu aniversário. Vou ganhar uma mobilete nova!

Confiro meu relógio de novo. Em casa já passa das três. Não temos meses para ficar aqui esperando. Ainda que os meses na terra dos contos de fadas equivalham a apenas alguns dias do mundo real, não podemos deixar que nossos pais saibam que estamos desaparecidos. Eles vão chamar a polícia! Vão pendurar pôsteres de "Desaparecidos" com nossas fotos pela cidade. E vão morrer de preocupação. Giro um galho nos dedos.

— Sei que deveríamos esperar pelo desenrolar da história. Mas gostaria que as coisas acontecessem mais depressa.

— Então por que não levamos Branca de Neve até o príncipe? — pergunta Jonah. — Vamos até o reino dele e apresentamos os dois.

Balanço a cabeça negativamente.

— Acho que devemos manter a história o mais próximo possível da original. Assim não corremos o risco de estragar mais nada. Acho que será melhor se ele a vir na urna. Quanto menos mudarmos a história original, melhor.

— E se levarmos a urna até o palácio? — pergunta Jonah. — Deixamos na porta dele. Assim, quando ele sair, vai tropeçar e a história voltará ao normal.

Dou uma bufada.

— Não podemos carregar a urna até Camel.

— Gamel — corrige Branca.

— Tanto faz. — Oh! Oh! — Tenho uma ideia! Podemos mandar um e-mail para o príncipe pedindo para que venha até aqui!

Jonah dá uma gargalhada.

— Um e-mail?

Fico corada.

— Uma carta. Quis dizer uma carta. Mandamos uma carta para ele dizendo que a presença dele se faz necessária em algum lugar, e aí damos um jeito de trazê-lo para cá. Então ele cavalga por aqui e vê Branca na urna, tal como acontece na história.

Branca morde o lábio.

— Se ele seguir em direção a minha antiga casa, terá que passar por aqui. Poderíamos dizer a ele que precisam dele no castelo.

— Perfeito! — Comemoro com um gritinho. — Daí ele esbarra em você no caminho e o restante é destino!

Na terra dos contos de fadas, uma carta é enviada através de um carteiro a cavalo. Escrevemos e enviamos a carta para o príncipe, pedindo que ele venha até o palácio de Zamel imediatamente. Então aguardamos.

E aguardamos.

E aguardamos.

Chaaaaaaaatooooooo.

Dois dias depois, meu relógio mostra que são cinco horas na minha casa. E ainda estou sentada na floresta, de pernas cruzadas, esperando.

Mais duas noites com o pé de Jonah na minha cara.

Mais duas noites comendo o mingau nojento e o cozido nojento feitos por Branca.

Mais duas noites longe do meu pai e da minha mãe.

Gosto de ficar com Branca e gosto de ficar com os anões à noite, mas estou com saudades dos meus pais. Sinto falta da minha cama. Talvez até sinta falta de Smithville. Definitivamente sinto saudade do meu sofá. Ficar esse tempo todo sentada na floresta está me deixando com dor no bumbum. E não quero nem falar sobre as formigas tentando subir pelas minhas pernas.

Olho para meu irmão, que está fazendo uma careta para um monte de pedras. Até ele está começando a parecer um pouco, bem, impaciente.

Sei que preciso tentar consertar a história da Branca de Neve. É a coisa certa a se fazer. Mas não podemos aguardar muito mais. Precisamos descobrir como voltaremos para casa.

Bum. Bum. Bum. Um estrondo soa à distância.

Meu coração acelera.

— Deve ser ele!

— Finalmente! — diz Jonah.

Branca fica sentada.

— Ele *ele*?

— Ele *ele*! Em seus lugares, pessoal! — grito. — Em seus lugares! Vamos, vamos, vamos!

Branca deve correr para a urna. Jonah e eu devemos subir em uma árvore. Isso aí, subir em árvores. Uma das habilidades aprendidas enquanto ficamos vagando pela floresta. Jonah sabe como fazer. É parecido com escalar pedras. Só que mais fácil. Branca não tentaria. Ela tem medo de altura. Mas pelo menos não é claustrofóbica. Isso seria bem ruim, pois ela precisou passar grande parte do tempo dentro de uma urna nos últimos dias.

Branca volta correndo para a urna. Ajudo Jonah com um impulso, e ele sobe até o topo da árvore.

Ouvimos cascos de cavalo batendo ao longe.

Vejo um rapaz em um cavalo marrom. Ele tem cabelos louros, parece alto e é bem bonito. Usa uma coroa e uma capa vermelha. Deve ser o príncipe. Parece um príncipe.

Não que eu já tenha visto um príncipe de verdade, mas ele parece bem principesco para mim.

— É ele! — comemoro. — É ele mesmo! Nosso plano deu certo!

Ele está cavalgando em direção à urna. Agora está a menos de 1 quilômetro de distância! Cerca de 800 metros agora! Poucos metros agora! Ele está desacelerando! Está olhando para a urna! A qualquer momento agora! A qualquer momento ele verá Branca e se apaixonará por ela! A história vai continuar como deve ser!

Espere. Ele não está parando. Por que ele não está parando? Ele está acelerando. Está indo embora. Está partindo a galope. Como é que é?

A poeira voa para todo lado enquanto ele passa por nós.

Eu me seguro em um galho e, com todo cuidado possível, pulo da árvore.

— Pare! — grito para ele. — Você tem que parar!

Mas ele não me ouve. Como assim, ele está ouvindo música no iPod ou algo assim? Não, com certeza eles não têm iPods por aqui. Um Walkman talvez?

Sei que era ele. Tinha que ser. O que aconteceu então?

— É isso? — pergunta Jonah, escorregando até o chão. — Ele foi embora?

— Não é possível! — choramingo. — Ele viu a urna. Olhou diretamente para ela. Por que não parou?

Nós corremos até a caixa. Está vazia.

— Ei? — chamo. — Branca?

Nada de resposta.

Nada de Branca.

— Branca? — grito mais alto. Meu coração ecoa dentro do peito. Onde está Branca? Será que Evelyn Vilã fez alguma coisa com ela? Ah, não. Pobre Branca!

Guinchhhh.

Hein? O que foi aquilo? Jonah puxa meu braço e aponta para uma árvore. Uma manga branca desponta de trás do tronco.

— Branca?

Guinchhhh.

— Branca, por que você está se escondendo atrás da árvore?

Ela não responde. Em vez disso, mais um guincho.

— Branca, você está bem? — Eu me aproximo dela e coloco o braço ao redor do seu ombro. — O que aconteceu?

Suas bochechas estão rosadas.

— Eu me escondi.

— Eu percebi — digo. — Mas por quê?

— Não sei! — grita. — Fiquei com vergonha.

— Ficou com vergonha? *Ficou com vergonha?*

O que eu vou fazer com essa menina? E agora? O príncipe — assim como a oportunidade — se foi. E agora que não encontrou Branca na urna, ele não vai se apaixonar por ela. A história da Branca de Neve vai ser totalmente diferente! E o destino?

Olho de relance para meu irmão.

— É tudo sua culpa.

— Eu? O que eu fiz?

— Você foi o culpado por ela não ter comido a maçã! — grito. — E por que tinha que ir brincar no porão no meio da noite? Por que não foi dormir como qualquer criança normal?

Ele chuta uma pedra.

— E você... — Eu me viro para Branca. — Estou fazendo tudo que posso para ajudar, e você está estragando tudo! Não quer ter seu final feliz?

Ela fica ainda mais pálida.

— Talvez não. Não se for com alguém cruel.

— O fato de ele ter jogado uma pedra em alguém quando criança não faz dele alguém cruel! — grito.

Ela cruza os braços.

— Mas também não faz dele alguém gentil.

Bato o pé no chão. Estou zangada. Tão zangada. Em vez de voltar para casa para ver minha família, estou dividindo a cama com meu irmão e vivendo no meio da floresta para tentar ajudar Branca de Neve. E ela nem mesmo quer ser ajudada. Se ela não se importa em conseguir seu final feliz, por que eu deveria me importar? Não deveria. Eu deveria apenas ir para casa. É quase de manhã! E se o tempo não tiver desacelerado na minha casa? E se meu relógio simplesmente estiver quebrado? Quebrado tipo com defeito e não só parado. E se mamãe e papai estiverem procurando por nós há dias? E se estiverem tão preocupados a ponto de ficarem *realmente* doentes e precisarem parar no hospital?

— Esqueça — digo. — Não vamos mais ajudar você. Desistimos.

Jonah fica de queixo caído.

— Não podemos desistir!

— Podemos, sim — devolvo. — É hora de voltar para casa.

Desculpe, Branca. Tentei e falhei. E lamento muito.

— Você tem razão — diz Branca, assentindo. — Devíamos estar preocupados em descobrir como levar vocês para casa. Me esqueçam. Não quero me casar com um atirador de pedras cruel, afinal. Ainda que seja um príncipe. Estou bem morando com os anões. Vamos embora.

— Para onde? — pergunta Jonah.

Ela suspira profundamente.

— Vamos até minha madrasta.

Capítulo quinze

A casa da Branca de Neve

Estamos escondidos atrás de uma árvore. Aguardando.
— Ela saiu! — digo finalmente quando a carruagem de Evelyn Vilã vai embora. — Quanto tempo temos antes de ela voltar para casa?
— Normalmente ela fica fora por cerca de uma hora — diz Branca. — Não é muito tempo.
Evelyn Vilã está a caminho do massagista. Branca nos explica que ela faz massagem nas costas duas vezes por semana. Aparentemente, ser malvada é estressante.
Cavalgamos com Yopopa, o cavalo, em direção aos portões do castelo. Para nossa sorte, é um cavalo imenso, e nós três cabemos em seu lombo. Estou atrás, Jonah no meio e Branca de Neve segura as rédeas. Jonah implorou para ficar na frente, mas não tínhamos tempo para Branca ensiná-lo a guiar e coisa e tal. Quero ir para casa. Agora. Já deu!

A não ser por...

— Talvez devamos esperar — digo. — Talvez possamos tentar mais alguma coisa para consertar sua história. — Já deu, mas ainda me sinto mal por ela. Não é culpa dela ser tão tímida a ponto de estragar a chance de sair cavalgando por aí com o príncipe para viverem felizes para sempre.

E não é culpa dela sua história ter ficado tão enrolada, para começo de conversa.

— De jeito nenhum — diz Branca. — Você precisa ir para casa, para seus pais. Além do mais, como você sabe se não vou ter meu "felizes para sempre" no fim das contas? Posso continuar a ter algumas ideias também, sabe.

— Mas... — digo.

— Nada de "mas" — diz ela.

Uau. Esta é mesmo a doce e frágil Branca de Neve? Ela está ficando mais durona!

— Certo — digo. Mas ainda me sinto mal.

— Certo — diz Branca, e trotamos rumo ao enorme castelo.

— Não acredito que você cresceu aqui — digo, dando um assobio. Ou algo parecido com um assobio. Assobiar é difícil.

— O que quer dizer? — pergunta ela enquanto desvia a atenção de Yopopa de um pássaro.

— Esse lugar é imenso!

Ela dá de ombros.

— Bem, é um castelo.

E é mesmo. Um castelo lindo e gigantesco. Com guardas, uma ponte levadiça e um fosso.

A ponte é bem comprida. Mais de 5 metros de comprimento e uns 3 de largura. E está pendurada ao castelo por correntes bem grossas. Seria legal se tivéssemos uma ponte levadiça em casa. Temos apenas arbustos e uma porta de tela que range. Se bem que a ponte dificultaria bastante para fazer amigos.

Estamos tentando invadir um castelo. Quais são as chances de isso dar certo?

Eu estava preocupada, achando que poderia ser muito perigoso caso Branca viesse conosco, mas ela disse que queria ajudar. Além do mais, é ela quem sabe andar dentro do castelo. E a rainha nem está aqui. Em relação aos demais moradores, não sabemos direito se eles têm noção do que aconteceu com Branca. Será que acham que ela morreu? Ou acham que está escondida? Vai saber o que Evelyn Vilã disse a eles.

Decidimos disfarçar Branca, só por garantia. Enid emprestou um chapéu cor-de-rosa pontudo, que usamos para esconder o cabelo, e eu cobri os lábios muito vermelhos da princesa com um pouco de farinha. E ela está usando meu pijama verde-limão em vez de um vestido. Não é um disfarce tão bom quanto os da rainha, mas deve resolver.

Estamos prontos. Branca até nos preparou mais uma cesta de piquenique com sanduíches de carne ensopada. Eca. Para o almoço e para o jantar. Jonah os está carregando na sacola que pegou emprestado. De novo. Os sanduíches estão meio fedorentos.

Chegamos ao guarda parado ao lado da ponte. Felizmente, a ponte ainda está abaixada, pois a rainha acabou de sair.

— É Arnaldo — sussurra Branca, apontando para o guarda.

Arnaldo é bem grandão. Bem, bem grandão. E está usando uma arma com a ponta afiada para coçar as sobrancelhas escuras e cabeludas.

— Vocês — late ele na nossa direção. — Por que estão aqui?

Meus joelhos tremem.

— Somos os novos... decoradores? — digo, tentando exibir alguma convicção, sem sucesso.

Tudo bem, menti. Isso não é legal, eu sei. Mentir é ruim. Mas precisamos entrar no castelo, e parece ser o melhor a fazer. Branca disse que decoradores entravam e saíam do castelo, então concluímos que se nos identificássemos assim, ninguém prestaria muita atenção na gente.

Arnaldo nos encara. Depois olha mais demoradamente para Branca. Dá pra notar que ele está olhando com atenção. Seu olhar vai e volta pelo menos umas cinco vezes.

— Hummm — murmura.

Sinto um frio na barriga. Ele a reconhece.

— Hummm — murmura ele de novo. Estamos muito ferrados.

— Vão em frente — diz o Arnaldo das sobrancelhas cabeludas. — Mas deixem o cavalo aqui.

Ufa. Acho que o disfarce com o pijama e o chapéu pontudo funcionou. Conseguimos!

Amarramos Yopopa em uma árvore próxima, então cruzamos a ponte levadiça e nos aproximamos do palácio.

Há um imenso cadeado dourado na porta.

— Estou nervosa — sussurra Branca. — Mal posso acreditar que estou aqui de novo. E ainda não acredito que Arnaldo não me reconheceu.

Uma empregada bonita de cabelos negros e uniforme cinza atende a porta.

— É Madeline — sussurra Branca. — É a governanta. Ela também me conhece.

— Você está disfarçada — lembro a ela. — Arnaldo não reconheceu você, e ela também não vai. — Eu espero. Espero mesmo.

— Posso ajudar? — pergunta Madeline.

— Somos os decoradores...? — digo. De novo sai parecendo mais uma pergunta que uma afirmação.

— Ah — diz Madeline, franzindo a testa. — Estávamos esperando vocês daqui a uma hora. — Ela lança um olhar esquisito para Branca. — Eu conheço você?

— Não — diz Branca, se escondendo atrás do chapéu desajeitado. — Nunca nos vimos. Nunca, nunquinha. Não sou uma princesa. Sou uma decoradora.

Dou um beliscão nela. Que furo!

Mas Madeline parece acreditar, pois nos conduz à sala de estar.

O ambiente inteiro está decorado com listras. O chão de mármore tem listras pretas. O teto tem listras roxas. Minhas pantufas combinariam direitinho com o lugar. Dá para entender por que Evelyn Vilã quer redecorar. Estou aqui há quatro segundos e já estou com dor de cabeça.

— Esse é o ambiente que ela quer reformar? — pergunto.

— Não, ela refez esta sala no mês passado — diz Madeline.

Sério?

— Então onde é? O quarto? — Por favor, que seja o quarto dela. Que seja o quarto dela. Isso facilitaria muito nossa vida.

— A cozinha — diz Madeline.

Uhhhhh.

A cozinha é toda vermelha. Pia vermelha, mesa vermelha, tigelas vermelhas. Sinto que estou presa em um pote gigante cheio de gelatina de cereja.

— Vou deixar vocês agora — diz Madeline. — Tenho muito o que costurar. Os disfarces da rainha não ficam prontos do nada, sabem como é.

Esperamos ela sair antes de nos esgueirarmos cozinha afora. Seguimos Branca por dois lances de escadas em espiral.

— É aqui — diz ela ao final de um corredor longo e sombrio. — O quarto dela. — Ela empurra a porta, e nos arrastamos lá para dentro.

O espelho está pendurado na parede.

Capítulo dezesseis

É só isso?

O espelho é do meu tamanho, e a moldura é dourada. Se eu não soubesse que ele é capaz de falar, o consideraria um espelho bem comum. Mas aí percebo uma fada entalhada no canto superior direito da moldura. Hummm. Talvez não seja tão comum assim.

Espero que ele saiba como nos mandar de volta para casa.

Jonah corre na direção do espelho e bate no vidro.

A princípio nenhuma resposta, mas logo uma voz bem alta grita lá de dentro:

— Você está querendo me provocar um traumatismo?

Definitivamente o tom é de irritação, mas não consigo identificar se é uma voz masculina ou feminina. Dois olhos azuis zangados surgem no reflexo. Não há nariz, lábios ou queixo. Só os olhos.

Jonah congela.

— Desculpe — diz ele bem baixinho.

— Pelo menos isso — diz o espelho. — É preciso seguir as regras!

Esse espelho é dos meus. Sei lidar com regras. Então me viro para Branca:

— Que regras?

— Ele gosta quando o chamamos pelo nome duas vezes e só então fazemos a pergunta. Por exemplo: "Espelho, espelho meu, como vai você?"

— Também gosto quando não me atacam — resmunga.

— Meu irmão realmente lamenta muito — digo. — Espelho, espelho meu, você pode nos levar de volta para casa?

— É claro — responde. — Agora?

— Uau — dou um gritinho, surpresa.

— Você vai apenas nos levar para casa, espelho, espelho meu? — pergunta Jonah, parecendo um pouco decepcionado. — Nenhuma aventura nem nada disso?

— Não. Se querem ir, podem ir agora mesmo, mas só se for agora.

— Por que só se for agora? — pergunto.

O espelho não responde.

Reviro os olhos.

— Espelho, espelho meu, por que só agora?

— Porque a rainha vai voltar para casa mais cedo.

Ai, não!

— Mais cedo quanto, espelho, espelho meu?

— Logo — diz ele.

— Mas logo quando? — pergunto.

A porta da frente bate.

— Cheguei!

— Ela não pode nos encontrar aqui! — grita Branca. — Vai me matar e depois jogar vocês nas masmorras!

— Não, provavelmente ela vai matar todos vocês — diz o espelho. — As masmorras já estão...

Ele para no meio da frase.

— Estão o quê? — pergunto. — Espelho, espelho meu?

— Bem cheias — completa ele.

Não tenho um bom pressentimento quanto a isso.

— Espelho, espelho meu — digo. — Quem está nas masmorras?

— Xavier, o caçador — diz.

Branca engasga.

— Ah, não! Por ter poupado minha vida?

— Não, por ter derrubado suco no carpete branco. Claro que foi por ter poupado sua vida!

— Alguém está de mau humor hoje — murmuro.

— Como é que é? — grita o espelho.

— Nada, nada não. Espelho, espelho meu, tem mais alguém lá embaixo? — pergunto.

— O príncipe Trevor — diz.

COMO É? Agora nós três engasgamos.

— Não po-pode ser — gaguejo.

— Mas é — diz o espelho. — Ele apareceu ontem dizendo que foi convocado por meio de uma carta. A rainha pensou que ele estivesse querendo destroná-la. Ordenou aos guardas que o trancassem nas masmorras. Então —

continua ele —, se quiserem voltar para casa, é melhor vocês correrem. Têm trinta segundos antes de a rainha chegar aqui.

ARGH! Isso não é bom. Dou uma olhada no meu relógio. Faltam poucos minutos para as seis em Smithville. Temos que voltar para casa. Meus pais vão levantar em menos de uma hora! Temos que voltar HOJE. Mas o príncipe está nas masmorras. Por nossa causa. Foi ideia minha escrever aquela carta para ele. A culpa é minha.

— Precisamos salvar o príncipe — digo, séria.

Os olhos de Jonah se iluminam.

— Uma aventura! Vamos!

Branca pousa a mão em meu braço.

— Mas, Abby, pode ser sua única chance de voltar para casa.

Não posso ir para casa sabendo que alguém está em um calabouço por minha culpa. Meu coração dá um salto.

— Temos que salvá-lo. E ao caçador também. Arranjaremos outra oportunidade de voltar para casa.

— Mas... — diz Branca.

— Nada de "mas" — digo.

Jonah está aos pulos.

— Precisamos sair daqui antes que Evelyn Vilã nos encontre!

Eu me viro para o espelho:

— Tem alguma outra saída aqui?

O espelho faz "tsc".

— Espelho, espelho meu.

Sério? Não há tempo para "Espelho, espelho meu"!

— Espelho, espelho meu — digo finalmente. — Tem alguma outra saída aqui?

— Tem a janela.

— Vamos, vamos — sussurro, correndo em direção à janela. Puxo as cortinas roxas e abro bem as venezianas. Olho para fora. Estamos no segundo andar.

— E é *assim* que você quebra a cabeça — diz Jonah.

Eu me viro para Branca.

— Nesse momento, acho que eu gostaria que você fosse a Rapunzel.

— Quem?

— Deixa pra lá. Como vamos fazer isso? — Olho ao redor para ter ideias. Vejo apenas o espelho, um guarda-roupas, uma mesa e uma cama de dossel. — Jonah, por acaso você tem uma corda na mochila?

Ele balança a cabeça.

— Apenas sanduíches de carne ensopada. Ei, estou com fome.

— Jonah, agora não.

Ele olha pelo quarto também.

— Vamos usar o lençol!

— Boa ideia — digo, e começo a tirar o lençol da cama de Evelyn Vilã.

— Mas ela vai perceber que o lençol sumiu — diz Branca.

— Se estivermos aqui quando chegar, ela certamente vai perceber também! — lembro a ela enquanto puxo a roupa de cama. — O que vai ser pior?

— Tem razão — diz Branca, que me ajuda a desarrumar a cama. — E agora? — pergunta ela quando terminamos.

— Ela está chegando, ela está chegando — diz o espelho para nos provocar.

— Vocês vão primeiro — digo. — Fico segurando o lençol. Desçam escorregando até onde conseguirem e depois pulem.

— E você? — pergunta Branca.

— Não se preocupem, tenho um plano. Agora, depressa!

Tum, tum, tum. Passos ecoam da escada.

Ouvimos a voz de Evelyn Vilã à medida que ela atravessa o corredor.

— Oh, espelho, espelho meu — cantarola. — Tenho uma perguntinha para vocêêêêêê...

Parece que Branca vai desmaiar, mas eu a incentivo. Ela precisa ser a primeira porque é mais pesada, e Jonah pode me ajudar a segurar o lençol enquanto ela desce. Além disso, eu a quero no chão caso Jonah precise de ajuda. Jonah e eu seguramos o lençol com tanta força que os nós de nossos dedos ficam brancos.

Branca hesita.

— Vai — digo. — Você precisa ir!

— M-m-mas...

— Vai!

Ela respira fundo e passa pela janela. Escorrega até quase o fim do lençol e depois se balança no ar a alguns metros do chão.

— E agora? — grita ela.

— Agora você pula! — grito.

— Não consigo! Tenho medo!

— Você precisa pular! Simplesmente pule!

Ela fecha os olhos, e não tenho certeza se isso ajuda, mas ela pula. E cai de bunda no chão. Uma expressão assustada toma seu rosto, e em seguida ela sorri.

— Agora é sua vez — digo para Jonah enquanto limpo o suor da minha testa.

— Mas Abby — diz ele. — Quem vai segurar o lençol pra você?

— Eu já disse. Tenho um plano. Vamos simular uma rede. Vocês seguram o lençol pelas pontas, e eu pulo em cima dele.

Ele franze o rosto.

— Não sei se é uma boa ideia. E se você se machucar?

Awwww. Ele está preocupado comigo!

— Vou ficar bem! Vai, vai! O tempo está acabando.

Branca acena para ele do chão, e o medo percorre minha espinha num arrepio. Ele vai ficar bem, certo? Tem que ficar! Dou-lhe um breve abraço. Jonah sobe na janela e escorrega pelo lençol. Então pula até o chão, com um sorriso imenso.

Agora é a parte complicada.

Tenho que descer.

Branca e Jonah estão de frente um para o outro, esticando o lençol o quanto podem para que eu tenha espaço para pousar.

Olho para baixo. Ai, ai, ai. Consigo mesmo fazer isso?

Eu me viro para o espelho.

— Espelho, espelho meu, por favor, não diga a ela que estivemos aqui.

— Se ela perguntar, terei que responder.
Porcaria. Desarrumamos a cama. Ela vai perguntar. Ouço a maçaneta girar. Ela chegou! Está entrando! Tento mirar o melhor que consigo e...
Pulo.

Capítulo dezessete

Aterrissagem suave

Estou voando! Estou voando! É sério, estou voando mesmo!

Tá, talvez não voando *voando*, já que estou indo para baixo, e não horizontalmente. Sempre que me imagino voando, geralmente plano pelos céus em vez de me esborrachar no chão. Mas ainda assim.

Iei!

Bump. Caio no lençol e, quando me dou conta, estou toda embolada nele. Tem cheiro de naftalina. Você pode achar que uma rainha elegante faria com que suas coisas tivessem cheiro de flores ou pelo menos amaciante. Quando tiro o lençol da cabeça, eu a vejo na janela.

— Vocês três aí! — berra ela. — Guardas! Guardas!

Eu me desvencilho do pano e grito:

— Corram! Corram, corram, corram!

Antes que qualquer um dos guardas percebesse o que estava acontecendo, seguimos de volta pela ponte. E me diga uma coisa: qual é o objetivo de se ter uma ponte levadiça se ela jamais está levantada?

Estou segurando Jonah pela mão para ter certeza de que não vou perdê-lo de vista, e Branca vem logo atrás de nós. Ela perdeu o chapéu em algum lugar durante a fuga, mas acho que o disfarce já era mesmo.

Yopopa. Onde está Yopopa? Yopopa sumiu.

— Pensei que ele fosse um gênio — reclamo.

— Ele é — diz Branca. — Ele se desamarrou sozinho, não foi?

Que ótimo.

Corremos pela floresta. E não olho para trás. Sinceramente, nunca corri tanto na vida.

Vuuuuush. Uma flecha passa pela minha cabeça e se crava na árvore atrás de mim. Ahhh!

Outra flecha! E mais uma!

Flechas voam em nossa direção, vindas de todos os lados.

Nós nos abaixamos, nos esquivamos e corremos.

— Vão nos pegar! — diz Jonah, segurando minha mão. — Temos que nos esconder!

— Onde?

Uma flecha passa zunindo. Ela acerta parte da manga da camisa de Jonah, rasgando um pedaço, o qual fica pregado em um tronco de árvore.

Jonah aponta para o topo da mais alta das árvores.

— Temos que subir até lá.

— Mas Branca não consegue — digo.

— Tá na hora de aprender — diz ele. Então se agarra em um galho e se impulsiona para cima.

— Vamos, Branca — digo para ela. — Você consegue.

Dá para ver o medo em seus olhos. Mas em vez de dizer não, ela pula no galho. E consegue. Viva! Vou em seguida.

Quando os guardas passam por nós, estamos seguros, ocultos por um monte de galhos e folhas.

Então nos acalmamos e recuperamos o fôlego. Os guardas continuam seguindo pela floresta.

— E agora? — pergunta Branca.

— Vou comer um sanduíche — diz Jonah, e desamarra a sacola-mochila. — Eu devia ter verificado se tinha catchup no palácio.

— Quis dizer o que NÓS vamos fazer agora? — pergunta Branca para mim.

Inspiro profundamente.

— Vamos salvar Xavier e o príncipe.

Capítulo dezoito

Castelo, parte dois

Nós nos escondemos nas árvores, e eu tento pensar em um novo plano.

Nosso objetivo é salvar Xavier e o príncipe das masmorras.

— Mas os guardas estarão nos procurando — lembra Branca. Ela está se segurando em um galho largo como se sua vida dependesse daquilo. — E as duas masmorras ficam trancadas.

— É claro que ficam — diz Jonah. Ele está se balançando na copa da árvore como se fosse um macaquinho. — Todas as masmorras ficam trancadas. Se não ficassem, quem ficaria em uma masmorra?

— Há apenas uma chave para as duas masmorras — diz Branca, os nós dos dedos dela estão pálidos.

Estou me equilibrando entre dois galhos.

— E onde fica a chave?

Ela dá de ombros.

— No quarto de Evelyn Vilã, talvez? — diz Jonah. — Se eu tivesse a chave para uma masmorra, a guardaria embaixo do meu travesseiro.

Rio sozinha.

— Não é um dente de leite.

— Sei onde você a guardaria — continua ele para mim. — Na sua caixinha de joias. É onde fica a chave do seu diário.

— Jonah! — grito. — Como sabe disso?

— Eu estava explorando. — Ele pisca, todo inocente. — Ei, Branca, sabia que você está na caixinha de joias da Abby? Legal, né?

Definitivamente terei que mudar essa chave de lugar. Uma lembrança passa pela minha mente. Uma chave. Eu vi uma chave. Onde foi que vi uma chave? Ah!

— Evelyn Vilã usa uma chave! Ao redor do pescoço! — exclamo. Em meio à empolgação, escorrego.

Branca grita, mas consigo me equilibrar antes de cair.

— Cuidado — diz Jonah. — Mas como vamos tirar a chave do pescoço dela?

Essa é uma excelente pergunta.

Algumas horas mais tarde, seguimos de volta ao castelo. Mas já é noite. Felizmente, tanto a lua quanto as estrelas estão superbrilhantes, e por isso conseguimos enxergar os arredores.

Nosso plano consiste em nos esgueirarmos até o quarto de Evelyn Vilã enquanto ela estiver dormindo para pegarmos a chave. A boa notícia: parece que os guardas sumiram. A má notícia: pela primeira vez no dia, a ponte levadiça está levantada.

— Hum, como vamos entrar no castelo sem a ponte? — pergunto.

— Acho que teremos que nadar — diz Branca.

— Legal! — exclama Jonah.

Opa. Tudo bem, admito. Não sou a Pequena Sereia.

— Esperem até me ver nadando crawl. — vangloria-se Jonah. — É incrível!

Pelo menos não teremos que nadar muito. A água se estende apenas por uns 5 metros. Posso fazer isso. Talvez.

— E se alguém nos vir? — pergunta Branca. Ela tapa o nariz com os dedos e entra na água.

Jonah corre atrás dela.

— Por quanto tempo você consegue prender a respiração?

Não gosto do rumo dessa conversa.

— Vamos simplesmente acabar logo com isso — digo. Dou um passo para dentro da água e mergulho. Argh, lama. E está fria. — Vamos logo. Rápido, rápido — continuo. — E em silêncio.

Jonah continua com a sacola-mochila nas costas. Os sanduíches vão ficar encharcados.

— Ai, não. — Branca interrompe seu nado peito e congela. — Ai, não. Ai, não. Ai não ai não ai não ai não. Eu me esqueci de Crowly.

— Quem é Crowly? — pergunto. — Um guarda? Alguns guardas devem estar rondando está área.

— Não. É o crocodilo que vive no fosso!

Engasgo, engolindo um monte de água.

— Neste fosso? Onde estamos nadando?

Ela está de brincadeira, né?

Jonah aponta adiante.

— É aquele ali?

Ai. Meu. Deus. À frente, temos um crocodilo. Um crocodilo imenso. Um crocodilo imenso e cheio de escamas, que nesse momento mastiga ruidosamente um grande pássaro como se este fosse um pedaço de aipo.

— Não — diz Branca, ainda congelada. — Aquele é pequeno demais para ser Crowly. Ela deve ter tido um filhote.

Aquele é um filhote? É enorme! Eu me viro para Branca, sem acreditar.

— Como você pode ter se esquecido de dois crocodilos?

— Eu tinha outras coisas com as quais me preocupar! — bufa ela. — E, quando fui embora, era apenas Crowly.

À minha esquerda, surge um crocodilo ainda mais imenso. Que abre a imensa mandíbula com um estalo.

— Talvez devamos voltar — digo, a voz tremendo.

Bebê Crocodilo bloqueia nosso caminho de volta e bate seus dentes de leite. Provavelmente eu acharia um bebê crocodilo fofo, se ele não estivesse tentando nos matar.

Mamãe Crocodilo dá uma nova investida.

Depois é a vez do Bebê Crocodilo.

E Mamãe. E, dessa vez, ela quase sai voando pelos ares.

— Um crocodilo voador! — festeja Jonah. — Legal!

Legal? Legal nada! Os dentes dele parecem facas de carne afiadas!

Mamãe Crocodilo investe em nossa direção.

— Terra firme! Terra firme! — grito, segurando Jonah e uma ainda estática Branca de Neve enquanto tento nadar de volta para a margem. Bato as pernas com força. Não é fácil nadar sem usar os braços. E Jonah está muito pesado. Por que ele está tão pesado assim? É a sacola que ele carrega! — O que tem dentro dessa sua sacola? Tijolos? — Gorgolejo à medida que a água entra em minha boca.

— Os sanduíches! — revela Branca. — Dê os sanduíches para eles!

Jonah alcança a sacola-mochila e tira de lá os agora realmente ensopados sanduíches. Ele joga dois na direção da Mamãe. Um terceiro vai para o Bebê. Vai dar certo?

O Bebê parece assustado. Mamãe cutuca um dos sanduíches com aquela boca gigante. Repete o gesto. Será que está cheirando o sanduíche?

De repente, Mamãe mastiga o dela ruidosamente. O Bebê experimenta o dele em seguida.

— Até os crocodilos precisam comer — diz Jonah, assentindo.

— Contanto que não comam a gente... — comento.

Quando meu pé finalmente encosta no chão, eu e Branca nos jogamos na margem, aliviadas.

Jonah não. Ele está dando adeus para os crocodilos como um louco.

Encharcada, eu me levanto. Minhas pernas ainda tremem.

— Precisamos encontrar uma janela destrancada no primeiro andar — digo. — Vou verificar essas aqui, vocês checam aquelas.

Tento abrir três das janelas. Elas estão bem fechadas.

— Estão todas trancadas — diz Branca quando nos encontramos novamente.

Hum.

— E agora?

Branca aponta para cima.

— A janela de Evelyn Vilã continua aberta.

— OK — digo. — Mas como vamos subir? Voando?

Jonah olha novamente para a água.

— Estava pensando se um desses crocodilos sabem voar...

— Jonah, NÃO. Esta não é uma das brincadeiras de faz de conta que você joga no porão. E este não é um crocodilo voador. Crocodilos não sabem voar. E mesmo se soubessem, você não poderia montar em um deles. Não enquanto estiver sob minha supervisão, de qualquer modo. — De repente me lembrei de olhar o relógio... Não. Não devo olhar. Só vai me deixar mais nervosa.

Ele dá de ombros e olha para trás, em direção ao castelo.

— Ah! Algumas das pedras estão para fora, igualzinho a um muro de escalada.

— E daí? — pergunto.

Jonah bate palmas.

— E daí que vamos escalar!

O quê? Não!

— Não mesmo — digo.

— Sim mesmo — comemora ele. — É fácil. Bem mais fácil que subir em árvores. Sou um dos melhores escaladores da minha turma, sabia?

— Na escola você usa proteção.

— Mas não preciso de proteção. Jamais caí.

— Você *ainda* não caiu.

— Abby — continua ele, o tom mais sério e os lábios retorcidos —, consigo fazer isso. Confie em mim.

— Eu não consigo fazer isso — diz Branca, o rosto ainda mais pálido. — Chega de alturas por hoje.

— Posso fazer sozinho — diz Jonah. — Eu subo. Vocês vigiam. Entro pela janela, pego a chave...

— Não vou deixar você escalar o muro de um castelo — digo. — Caso encerrado. E, ainda que eu deixasse, o que faríamos depois?

— Evelyn Vilã está dormindo, certo? Então vou tirar o colar dela com cuidado, depois descer pela escada e abrir as janelas do primeiro andar. Vocês entram e resgatamos Xavier e o príncipe. E depois voltamos para casa. — Ele esfrega as mãos como se as estivesse limpando. — Tudo resolvido.

Não gosto de pensar que:

1. Meu irmão caçula vai escalar dois andares do muro de um castelo sem usar proteção.
2. Meu irmão caçula estará sozinho no quarto de Evelyn Vilã.

3. Meu irmão caçula está tendo ideias ao passo que eu mesma não consigo pensar em absolutamente nada. Tá, confesso. Estou orgulhosa dele. Mas ainda assim.

— Branca, você fica de vigia — ordeno. — Vou escalar também.

Não pode ser tão difícil, não é mesmo?

Capítulo dezenove

É difícil. É muito, muito difícil

Meus dedos dos pés doem. Meus dedos das mãos doem. Meu corpo inteiro dói. E não estamos nem meio metro acima do chão.

Jonah faz um sinal de positivo para mim.

— Você está se saindo bem!

— Mantenha as duas mãos na parede! — ordeno. Não consigo acreditar que ele se diverte fazendo isso.

— Não olhe para baixo — pede ele.

E é claro que eu olho. Ahhh!

Subimos, subimos e subimos mais um pouco.

— Estamos quase lá — diz ele. Já no alto, ele dá um impulso e se joga pela janela, desaparecendo atrás das cortinas roxas e cheias de fru-fru.

— Jonah — tento sussurrar alto. — Quero ver onde você está o tempo todo!

Ele aparece um segundo depois e levanta o braço, seus dedos mostrando o V de vitória.

— Consegui!

— Shhhh!

Ele se inclina para fora e me ajuda a passar pelo peitoril.

Evelyn Vilã está bem na nossa frente. Por sorte, ela dorme profundamente.

— *Rooooooooonnnnnnnnnnnnnncccccccccccccccc!*

Evelyn Vilã *ronca*. Hahahahaha. Eu e Jonah damos uma risada. Não dá para segurar.

— O que é tão engraçado? — pergunta uma voz da parede.

Meu coração congela. Giro a cabeça em direção ao espelho. Como pude me esquecer do espelho falante?

— Shhhh! Por favor, não a acorde — sussurro.

— Não ouvi o que disse — diz o espelho.

— Espelho, espelho meu — digo, me corrigindo depressa. — Shhh. Por favor, não acorde a rainha.

— Assim está melhor — responde. Em seguida, ele baixa o tom de voz: — Não vou acordá-la. Ela dorme bem pesado. E não quero meter vocês em encrenca. Gosto de vocês dois, e gosto de Branca.

— Mas espelho, espelho meu — começo —, se você gosta tanto de nós, por que mandou Evelyn Vilã matar Branca, para começo de conversa?

— Não tive escolha. Tenho que dizer a verdade para a rainha. Faz parte do...

— *Rooooooooooonnnnnnnncccccccccccccc!*

Jonah pressiona a mão contra o vidro.

— Faz parte do quê? É algum tipo de maldição? Espere... você é uma pessoa que está presa no espelho?

— Bem, não estou num espelho por ser um lugar bacana para se passar o tempo.

— Que horrível — diz Jonah.

— Nem me fale. Tudo que faço é refletir, o dia inteiro. Uma chatice sem fim.

— Qual é seu nome verdadeiro? — pergunta Jonah. — Espelho, espelho meu?

— Ga-Gabrielle — diz o espelho, engasgando.

Ah! É uma menina!

— Oi, Gabrielle — digo.

— Espelho, espelho meu, posso chamar você de Gabby? — pergunta Jonah. — Rima com Abby!

— Não, não pode — diz a garota no espelho.

Vou tentar não levar para o lado pessoal.

Sigo na ponta dos pés até a cama da rainha. Ela está dormindo de barriga para cima. As cobertas estão puxadas até o queixo, então as abaixo devagar até ver o colar.

— *Rooooooooooonnnnnnnnnnnncccccccccc!*

Dou um pulo. Mas logo em seguida me abaixo de novo. Estou vendo! Vejo a chave. Mas onde está o fecho do colar? Ai, não! Deve estar na nuca. Como vou alcançar o fecho atrás da cabeça dela sem acordá-la? Espere aí! Alguém que usa tantos disfarces deve ter uma tesoura por perto para ajustes de última hora, não?

— Gabrielle, Gabrielle — sussurro. — Onde posso encontrar uma tesoura?

— Na gaveta da mesa — responde ela.

Na ponta dos pés, sigo até o outro lado do quarto e abro a gaveta. Está uma bagunça! Papéis, tecidos, vidros de tinta e... — a-ha! — tesouras!

— Achei!

Pego um dos papéis. Nele está escrito "A mais bela de todas" muitas e muitas vezes.

Penso no que Branca tinha comentado mais cedo e pergunto:

— Ei, Gabrielle, Gabrielle, por acaso você sabe se o pai de Branca de Neve deixou algum testamento?

— Claro que sei se ele deixou — diz ela. — Eu sei de tudo.

— Então ele deixou? — pergunto, impaciente. — Gabrielle, Gabrielle?

— Deixou, sim.

Não pode ser!

— Pode me dizer onde está?

— Claro que posso.

— Olha, pode parar com a brincadeira? Apenas me diga! Hum, Gabrielle, Gabrielle.

— Não precisa de tanta arrogância, mocinha. Está escondido atrás de mim. É só me levantar, com cuidado, e verá.

Jonah e eu erguemos o espelho, com cuidado, e depois o baixamos gentilmente até o chão. A parede atrás do espelho está coberta com pedras meio soltas.

— Tire as pedras. Vou pegar a chave — diz Jonah.

— Você tira as pedras — digo para ele. — Eu pego a chave.

De novo, na pontinha dos pés, vou até a cama da rainha. E me inclino sobre seu corpo...

— *Rooooooooonnnnnnnnnnncccccccccc!*

Dou um pulo de novo. O ronco dela é aterrorizante. Preciso me concentrar! Preciso cortar o colar!

Snap!

Pronto! Pego a chave e a seguro com firmeza.

— Peguei. Achou o testamento?

Jonah está encarando um buraco redondo na parede.

— Encontrei um monte de papéis — diz. — Parecem importantes.

— Certo, coloque tudo na sua bolsa. — Ajudo Jonah a recolocar as pedras no lugar. — Vamos embora. Gabrielle, Gabrielle, obrigada pela ajuda. Vamos retornar assim que conseguirmos salvar o príncipe e o caçador, então poderemos voltar para casa. — Agora não consigo evitar e olho o relógio. Passa das seis. Estamos ficando sem tempo!

— Boa sorte! — Ouvimos Gabrielle dizer enquanto corremos para fora do quarto.

Descemos rapidamente os dois lances sinuosos de escadas até chegar ao térreo. Abrimos as venezianas. Branca entra rastejando e a seguimos até uma porta ao final do corredor.

Eu destranco a porta e dou uma olhada adiante.

Escuridão total.

— Temos que descer as escadas — diz Branca.

— Não enxergo um palmo adiante, que dirá uma escada — protesto. — Ei, Jonah, por acaso você tem uma lanterna na sacola?

Ele coça o nariz.

— Não. Mas seu relógio não tem luz?

— Ah! Verdade! Bem lembrado! — Aperto o botão "luz" do relógio, e uma escadaria superassustadora, supersinuosa e super-rangente aparece. — Opa. — Esse porão é MUITO mais apavorante que o nosso.

— Vamos, vamos — chama Jonah.

— Segure o corrimão — peço a ele. — E espero que seus sapatos estejam amarrados.

Descemos mais e mais e mais um pouco. Agarro o corrimão e a chave com o mesmo desespero.

Quando finalmente chegamos lá embaixo, inspiro profundamente e me viro para Branca.

— E agora, para onde?

Alguma coisa passa correndo pelo meu pé. Um rato. Ponho a mão sobre a boca para conter um grito.

A distância, ouvimos um barulho e então:

— Ei? Tem alguém aí?

— Príncipe Trevor? — chamo. — É você?

Jonah vai na frente.

— Estamos indo, Sr. Trevor. Estamos indo resgatá-lo!

Passamos por uma porta oval larga. Nós três colocamos as cabeças nas janelinhas sem vidros e vemos o príncipe. Ele *é* bonitinho. Alto. Cabelo claro. Parece bem princepesco, até mesmo sob a luz fraca das masmorras.

— Ei, Branca — sussurro —, ajeite o cabelo, depressa!
— Queria que o cabelo dela não tivesse ficado frisado por causa do travesseiro envenenado. Destranco a porta, que se abre.

— Oi — diz o príncipe.

— Oi — diz Jonah de volta.

Branca arqueja.

— Sou Abby — digo, e estendo a mão para cumprimentá-lo. Mas depois me flagro pensando se deveria ter feito uma reverência ou algo assim e recolho a mão. No entanto, a mão dele já está estendida, então ofereço a minha de novo.

Nós nos cumprimentamos.

— Prazer em conhecê-lo — falo.

— O prazer é meu — diz ele. — Obrigado por me resgatar. Sou o príncipe Trevor.

— De nada. Esse é meu irmão, Jonah, e esta é uma grande amiga, Branca.

Branca arqueja de novo.

Acho que ela *gosta* dele. Oh! Talvez agora que ele a esteja vendo, vá se apaixonar, e Branca enfim terá seu "felizes para sempre"!

Ela ainda arqueja.

— Desculpe, você disse alguma coisa? — pergunta o príncipe.

Ela balança a cabeça negativamente.

Hum. Ele não vai se apaixonar por Branca se ela não conseguir falar. Embora ele tenha se apaixonado por ela na história original, e definitivamente ela também não falasse nada lá. Provavelmente o fato de estar morta tivesse alguma coisa a ver com isso. E também estava bonita. Neste momento, ela está um desastre. Tem alga na testa, e eu gostaria que ela não estivesse usando meu pijama. Espero que, depois de terminarmos de resgatá-lo, eles relaxem e brinquem, daí tenham a oportunidade de conversar e se apaixonar.

— Onde fica a segunda masmorra? — pergunto a Branca.

Nós a seguimos por um corredor sinuoso e escuro. Ela espia por uma janela.

— É ele! Pelo menos acho que é ele. Está tão escuro.

Eu destranco a porta e a abro.

Dentro da cela está um sujeito da idade do meu pai. O cabelo é comprido. Bem comprido mesmo. A barba é bem comprida também. Ele se parece com Bob, só que mais alto.

— Branca de Neve? — diz ele para ela. — Você ainda está viva?

— Para sua sorte — argumento. — Vamos.

Corremos de volta pelas escadas frágeis.

Quando chegamos ao piso principal, Jonah me segura pelo braço.

— Nós salvamos todos eles. Agora vamos para casa.

E é quando ouvimos:

Bleeeeeem! Bleeeeeem!

— O que é isso? — pergunto, cobrindo os ouvidos com as mãos.

Pânico atravessa o rosto de Branca.

— É o alarme! Sabem que estamos aqui!

Capítulo vinte

Corram!

Bleeeeeeem! Bleeeeeeeeem! Bleeeeeeeeeeem!
— Alguém deve ter nos ouvido! — grita Branca. — Temos que sair daqui!

Não importa o quão pesado seja o sono de Evelyn Vilã. De jeito nenhum ela vai continuar dormindo com toda essa barulheira.

— Temos que sair daqui. Agora! — declara o príncipe Trevor.

Plano, plano... qual é mesmo o plano?

— Para o fosso! — chamo. — Vamos nadar.

Jonah me puxa o braço.

— Talvez não seja uma boa ideia. Não temos mais sanduíches.

Droga. Plano novo, plano novo! Ah! Já sei!

— Branca, podemos descer a ponte levadiça?

— Sim — diz Branca, e corre para a entrada do castelo.

— Preciso de ajuda!

O príncipe Trevor corre para ajudá-la.

— O que devo fazer?

— Puxe! — diz ela, e aponta para a alavanca.

Ele puxa, ela puxa. A ponte de mais de 5 metros de comprimento vai descendo até chegar ao chão com um *BUM*.

Se Evelyn Vilã já não estivesse acordada, agora certamente está.

— Vamos! — berro, pegando a mão de Jonah.

Nós cinco saímos correndo. Jonah e eu seguimos na frente, Xavier vem logo atrás, e príncipe Trevor e Branca de Neve são os últimos.

— Parem! — Ouço.

Arnaldo e dois guardas estão bloqueando a ponte levadiça. Os três são grandões. Bem grandões mesmo. Acho que têm até umas tatuagens. Tatuagens de cobra. Ou talvez sejam cobras de verdade. Não tenho certeza. De qualquer modo, eles dão medo. E suas flechas estão apontadas para nós.

Paramos. Parece que os guardas estavam rondando o terreno, afinal. Ops.

— Vamos pelo outro lado — diz Xavier.

Novo plano! Damos meia-volta. Só que Evelyn Vilã está na entrada. E tem dois seguranças musculosos de cada lado. Com mais tatuagens de cobra. E mais flechas apontadas para nós.

E agora? Olho para baixo à direita. Mamãe Crocodilo está de boca aberta e com um brilho faminto nos olhos. Bebê Crocodilo está à esquerda, parecendo igualmente faminto.

É oficial. Estamos cercados.

E meus planos acabaram. Oficialmente.

— Ora, ora, ora — rosna Evelyn Vilã. — Vejam quem está aqui. Guardas! Coloquem o príncipe e o caçador na primeira masmorra. Os irmãos na segunda.

Ai, não! Não podemos ir para as masmorras! Como vamos voltar para casa se estivermos na masmorra?

Não voltaremos. Se ficarmos na masmorra, não voltaremos para casa. Nunquinha.

— A segunda masmorra é a melhor — sussurra Jonah. — Acho que vi uma bola.

— Era um rato — digo a ele. — E não quero ficar em masmorra alguma.

Evelyn Vilã dá uma risada.

— Quanto a Branca de Neve...

— Essa é Branca? Achei que Branca estivesse escondida... — exclama um dos guardas.

— Achei que estivesse morta — murmura Arnaldo.

— Vocês dois têm razão — diz Evelyn Vilã. — Ela estava escondida. E logo estará morta.

E quando ela diz isso, parece que algo dentro de Branca de Neve se parte.

— NÃO! — grita ela a plenos pulmões. — NÃO! NÃO! NÃO! Chega de tentar me matar. Está me ouvindo? CHEGA, CHEGA, CHEGA!!! — Ela aponta para os guardas. — Ordeno que baixem suas armas.

A rainha ri.

— Você ordena? Você não pode mandar neles. Eu dou as ordens aqui. Você não é ninguém. Você apenas limpa a casa dos anões.

Os anões! Talvez eles apareçam para nos salvar! Não é assim que acontece nos filmes? Quando a heroína acha que é o fim, seus amigos chegam saltando de galhos para salvá-la. Os anões já haviam salvado Branca. Vão fazer isso de novo, não vão?

Mas como eles vão saber que precisam nos salvar? Hummm. Yopopa deveria ser um gênio. Provavelmente por isso ele foi embora antes da hora — para chamar os anões! E agora eles aparecerão na hora certa!

A qualquer instante.

Agora.

Jonah cutuca minhas costelas.

— Abby!

— Agora não, Jonah.

— Mas Abby...

— Estou um pouco ocupada agora, Jonah. — Não é verdade, ainda. Mas estarei ocupada a qualquer segundo. Assim que os anões aparecerem.

— Abby! — grita Jonah. Ele tira a sacola-mochila, abre e joga alguns papéis para mim. — O testamento!

O testamento? Ah! O testamento!

— Achamos o testamento do rei! — grito.

— Acharam? — Branca se vira para nós, uma expressão de surpresa.

Dou uma olhadinha na primeira página, depois na segunda e na terceira. Por favor, que haja algo aqui para ajudar Branca. Por favorzinho duas vezes? Três vezes, com uma cereja no topo? Quatro, com várias cerejas?

— Já terminou? — pergunta Evelyn Vilã enquanto admira as próprias unhas pintadas de preto. — Você está me deixando entediada.

Folheio as páginas enlouquecidamente. Nada aqui, nada aqui... Ah! Aqui! Achei! Na página 11, segunda cláusula! Achei! Dou um pigarro dramático antes de começar:

— Em caso de falecimento, o reino de Zamel passa a ser de minha única filha, Branca de Neve, a princesa de Zamel. A rainha Evelyn ficará sendo a guardiã da princesa até que esta complete 16 anos, quando a mesma se tornará rainha.

Todos arfam de surpresa.

— Eu TENHO 16 anos! — exclama Branca.

— Mesmo se você tivesse 30, eu não ligo — devolve Evelyn Vilã. — Zamel é minha.

— Aparentemente não é — murmura Arnaldo. — Você é uma impostora. Branca de Neve é a rainha! Peguem a impostora, meninos!

Então todos os guardas tatuados seguem em direção à rainha.

Isso!

— Você ainda não venceu! — retruca Evelyn Vilã aos berros. — Branca de Neve não pode ser a rainha se estiver morta.

Ela aponta uma lança na direção de Branca e dispara.

— Não! — grito.

— Não! — gritam os guardas. Eles pulam em cima de Evelyn Vilã.

Mas é tarde. A flecha já está voando.

— Não! — grita o príncipe Trevor, e, com um movimento que parece em câmera lenta, pula na frente de Branca.

Branca de Neve está a salvo! Viva!

Mas a flecha acerta o príncipe no meio do peito.

— Ah! Ah! Ah!

Há uma gritaria generalizada. Boa parte dela vem de mim.

O príncipe Trevor continua de pé, mas seus joelhos tremem. Depois de alguns segundos dramáticos, os joelhos dele cedem e ele cai da ponte, dentro da água. *Splash*!

— Ai, não! — grita Branca, pulando na água atrás dele. *Splash*!

— Branca! — chamo antes de pular na água atrás dela. *Splash*!

— E eu! — grita Jonah ao mergulhar no fosso, encolhendo o corpo para espirrar mais água.

— Jonah, NÃO! — peço, mas é tarde. *Splash*! Por que ele nunca me obedece? Isso é tão chato.

Splash! Xavier pula também.

Agora estamos todos no fosso.

Infelizmente, os crocodilos também estão.

Nhoc.

Nhoc, nhoc.

Branca luta para segurar o príncipe Trevor pelos ombros, mas ele sangra e ela engole água. Xavier tenta boiar também, segurando os pés do príncipe. Eu seguro Jonah. A Mamãe e o Bebê Crocodilo vêm em nossa direção.

Suas bocas estão bem abertas.

Estão rosnando.

Estão com fome.

Minha boca fica seca. Meu coração está martelando.

É isso. É o fim. Nunca mais voltaremos para casa. Nunca mais vamos ver nossos pais.

Abraço meu irmão com força; ele está tremendo. Fecho meus olhos e espero virar comida de crocodilo.

Capítulo vinte e um

Ainda à deriva

Alguma coisa acerta meu rosto.

Dente de crocodilo? Não. É gosmento. Língua de crocodilo?

Sou atingida mais uma vez.

— Mais sanduíches de carne ensopada! — comemora Jonah.

Meus olhos se abrem de súbito. Há sanduíches de carne ensopada caindo na água. Os crocodilos estão felizes, mastigando cada um deles. Hein?

— Pensei que tivessem acabado — digo.

— E acabaram! — grita Jonah.

— Mas então como...?

Jonah aponta para a margem, onde vejo os sete anões jogando sanduíches na água.

Eles vieram! Eba! Yopopa está exultante ao lado deles. Ele deve ter ido buscá-los, no fim das contas. Acho que *é* mesmo um gênio.

Enquanto os crocodilos estão ocupados se entupindo de comida, tiramos o príncipe Trevor da água e o colocamos na margem do fosso.

Xavier tira a flecha. Mas a situação não é nada boa.

Os olhos do príncipe estão fechados. Ele não está respirando.

— Ai, não — diz Jonah. Abraço meu irmão, puxando-o para mais perto. Não quero que ele veja isso.

— Ele está morto — digo.

Não posso acreditar. Ele morreu mesmo. E a culpa é minha. Se não tivéssemos escrito aquela carta para ele, ele não teria vindo para o palácio, para começo de conversa.

Ele nunca vai ser rei.

Ele nunca vai se apaixonar por Branca de Neve.

Ele nunca mais vai fazer nada.

Lágrimas rolam pelas minhas bochechas. Pobre príncipe Trevor. Pobrezinho.

— Não — diz uma voz suave ao meu lado. — Não, não, não.

Eu me viro e vejo Branca. Ela está se ajoelhando ao lado do príncipe, as lágrimas molham seu rosto.

— Não — diz ela de novo, e o tom de voz fica mais rouco. — Não, não, não! Este é um final feliz? Este NÃO é um final feliz!

— Branca — digo baixinho. — Não há nada que possamos fazer.

— Mas na história eu volto à vida! Então por que meu príncipe não pode ressuscitar também?

— Eu... eu... — Não tenho resposta. Mesmo se tivesse, ainda estou engasgada demais para falar.

Então uma expressão de extrema determinação surge no rosto dela. Ela se ajoelha ao lado do príncipe e pressiona os lábios contra os dele. E é aí que acontece.

Uma das pálpebras se abre.

Depois nota-se um tremor na outra.

Então os dois olhos dele estão abertos.

Ele está vivo! Ele está vivo?

— Você... — diz o príncipe Trevor, olhando para Branca. — Você me beijou. Eu estava morto, mas seu beijo me despertou.

Branca concorda com a cabeça e sorri.

— Não foi exatamente um beijo. Foi uma técnica de respiração boca a boca.

— Você sabe o que é boca a boca? — pergunta Jonah. — Isso é muito legal!

— É claro que ela sabe — diz Frances. — Com Evelyn Vilã atrás dela o tempo todo, nós tivemos que aprender algumas técnicas de primeiros socorros.

O príncipe Trevor senta-se e sorri.

— Seja lá o que for, você salvou minha vida.

— Você me salvou primeiro — disse Branca, com um grande sorriso. — Você pulou na minha frente e levou a flecha.

— Mas primeiro você me tirou da masmorra! Você é incrível!

— Não, você é incrível!

Os dois se encaram com um brilho sonhador nos olhos.

Ela realmente salvou a vida dele. E ele salvou a dela. Eles se salvaram.

Devíamos festejar!

Só que com certeza não era assim na história. É meio que o oposto do que acontece na história. Ou, no mínimo, é a história, mas toda embaralhada.

Hum. Essa versão é diferente da versão no meu livro. Mas e daí? Branca de Neve conseguiu seu final feliz, não foi?

Talvez seja legal ser diferentes às vezes, não?

O príncipe Trevor se apoia em um dos joelhos.

— Branca de Neve — diz ele —, quer se casar comigo?

Viva!

— Sério? — pergunta Branca, levantando uma das sobrancelhas. — Nós acabamos de nos conhecer.

A garota tem razão. E, além do mais, ela só tem 16 anos. É muito nova para se casar. Pelo menos no meu mundo.

— E eu não conheço você muito bem — continua ela. — Quero dizer, você realmente jogava pedras nas pessoas?

— O quê? Não! — Ele fica corado. — Certo, talvez sim. Mas eu tinha 2 anos. Você conseguirá me perdoar um dia?

Branca vira o rosto para a esquerda.

— Ah, tudo bem. Também fiz algumas coisas idiotas quando era mais nova. Uma vez joguei cola na escova de cabelo da minha madrasta.

— Ela mereceu — digo.

E por falar em Evelyn Vilã... A distância, vejo que Xavier a está carregando. Ela grita e esperneia até entrar no palácio.

— Vamos ver se *você* vai gostar das masmorras — zomba o caçador.

— Então, Trevor — continua Branca. — Não estou buscando um relacionamento sério agora. Preciso me concentrar nas minhas responsabilidades aqui. Agora sou a rainha.

— Entendo — diz o príncipe, assentindo. — Veja bem, por que não vamos mais devagar? Que tal jantarmos?

Perfeito! Talvez demore mais tempo para que eles cheguem lá, mas Branca de Neve e o príncipe Trevor vão se casar um dia. Simplesmente sei que vão.

Os olhos de Branca se iluminam.

— Eu cozinho!

— Você não precisa mais cozinhar, Branca de Neve — digo a ela. — Você é a rainha.

— Eu sei — diz ela. — Mas gosto de cozinhar.

Espero que o príncipe Trevor goste de cozido.

Capítulo vinte e dois

De volta a Gabrielle, Gabrielle

— Esse lugar é incrível — diz Tara, chegando ao vestíbulo. — Você tem muita sorte, Branca. Tem um castelo e um encontro com um príncipe. — Ela lança um olhar melancólico para Jon.

Branca dá um abraço em Tara.

— Estou feliz que tenha gostado, Tara, porque você também vai morar aqui comigo.

— Vamos? — pergunta Alan.

— Claro! Jamais conseguirei agradecer o bastante por vocês terem me dado um lar quando precisei de um.

— Vamos ter que nos livrar destas listras — resmunga Frances. — Estão me dando dor de cabeça.

A governanta, Madeline, aparece atrás deles e estala a língua.

— Vamos redecorar de novo?

— Ah, sim — diz Enid. — E precisaremos de alguns móveis menores. Podemos pintá-los de cor-de-rosa?

Fico nervosa à medida que subimos as escadas. O espelho vai conseguir nos levar de volta para casa, não vai?
— Não vai acontecer nada do tipo *O mágico de Oz*, certo? Não tem um sujeito escondido atrás do espelho fingindo ser O Todo Poderoso, né?
Branca balança a cabeça.
— Não. É de verdade. Onde fica Oz? Perto de Smithville?
— Não exatamente — digo. Abro a porta do quarto de Evelyn Vilã e sigo diretamente para o espelho.
— Oi, Gabby, Gabby! — diz Jonah.
— Estamos de volta, Gabrielle, Gabrielle. Podemos ir embora agora? — pergunto.
— Podem, sim — diz ela.
— Estou tão feliz por você — digo para Branca. — Deu tudo certo. Mais certo do que eu poderia desejar. — Eu me viro para o espelho. — Agora que Branca é rainha, ela pode libertar você?
— Receio que não — diz Gabrielle, piscando para afastar as lágrimas. — Mas obrigada por perguntar. Fico grata. Agora é hora de se despedir.
Estou feliz e triste ao mesmo tempo. Abraço Alan primeiro.
— Obrigada por tudo.
Depois abraço Bob e Stan.
E Enid.

— Que tudo na vida continue cor-de-rosa — digo.

Depois Jon.

— Continue lindo.

Quando abraço Tara, não consigo segurar e sussurro:

— Diga a Jon como você se sente. — Ela fica corada.

— Você até que é legal, menina — diz Frances, me abraçando em seguida.

Eu cumprimento o príncipe com um aperto de mão.

— Seja bom para nossa Branca de Neve — digo, engolindo com dificuldade para segurar as lágrimas.

— Adeus, homenzinho — diz o príncipe Trevor para Jonah.

Por fim, dou um abraço em Branca de Neve.

— Verei você de novo um dia? — pergunta ela.

Sinto um aperto no peito.

— Não sei. Mas espero que sim.

Damos um abraço apertado.

— Obrigada por não deixar Evelyn Vilã me envenenar — diz ela para Jonah enquanto acaricia o cabelo dele.

Ele fica todo empertigado.

— Não tem de quê.

— É isso, então! — resmunga Gabrielle. — Tenho outras coisas para fazer, sabem como é.

— Pronto? — pergunto a Jonah.

— Pronto — diz ele.

Seguro a mão dele.

— Agora é bom vocês saírem daqui, ou podem acabar sendo sugados também.

— Não, obrigada — diz Frances. — Carruagens sem cavalos? Como isso pode funcionar?

— Boa sorte — diz Branca.

Noto quando Tara segura a mão de Jon. Viva! Acenamos quando todos saem do quarto.

— Ei, Gabrielle, Gabrielle, você por acaso sabe por que o espelho do nosso porão nos trouxe para cá? — pergunto.

— Você vai ter que perguntar para Maryrose — diz ela.

— Quem é Maryrose? — pergunta Jonah. — É Maryrose quem está dentro do espelho no nosso porão?

— Maryrose vai se apresentar quando estiver pronta — diz Gabrielle simplesmente. — É hora de ir agora.

Eu suspiro. Quero saber mais. Preciso entender o que aconteceu! Mas nesse instante só quero muito, muito, muito ir para casa.

— Vamos levar os móveis conosco? — pergunto. — Minha mãe iria adorar essa cama de dossel.

— Branca adoraria também — diz Gabrielle. — Então espero que não. Mas, falando nos seus pais, é muito importante que não contem nada sobre isso a eles.

— Mas por quê? Nós contamos tudo para nossos pais. — Quase tudo.

— É perigoso demais — diz ela, solene.

— Para quem? — pergunto. — Para nós? Para eles? Para você? Para Maryrose?

— Já falei demais — diz Gabrielle.

O reflexo no espelho começa a girar e girar e girar. Começo a enxergar algumas imagens em um redemoinho: uma mesa, caixas... É o nosso porão!

— Lá vamos nós — digo.

— O que vocês estão esperando? — pergunta Gabrielle.

— Sou uma porta aberta. Entrem!

Inspiro profundamente e seguro Jonah pela mão. Em seguida, entramos no espelho.

Zum.

Estamos em nosso porão.

Eu me viro para ver o espelho. Está parado. Normal. Um espelho qualquer.

Como se nada tivesse acontecido. Como se nada estivesse estranho.

— Oi? — pergunto. — Tem alguém aí?

Ninguém responde.

Acabou. Acabou mesmo.

Bem, mais ou menos. O porão está uma bagunça. E todos os livros de Direito desapareceram. Assim como a cadeira giratória. Ops.

— Fico pensando no que aconteceria se eu batesse no espelho de novo — diz Jonah, esticando o braço.

Interrompo o movimento dele.

— Não se atreva!

— Estamos em casa — comemora ele, correndo escadaria acima. — Vamos contar pra mamãe e pro papai.

— Espere — chamo.

Sigo meu irmão pelos degraus. No topo da escada, fecho a porta atrás de mim delicadamente. O andar seguinte está tomado pela luz da manhã. Entro de fininho na cozinha para ver o relógio do micro-ondas. Marca 6h30. Mesmo horário do meu relógio. Então eu estava certa, no fim das contas. O tempo aqui passou mais lentamente. A menos que vários dias tenham se passado?

Vejo o iPhone da minha mãe. De acordo com a data, é a manhã seguinte ao dia que partimos. Perfeito!

— Vamos ver a mamãe e o papai! — exclama Jonah.

Concordo com a cabeça, mas pressiono o dedo contra os lábios. Rastejamos pelo último lance de escadas. Abro a porta do quarto com gentileza.

— Quero ir para a cama deles — sussurra Jonah.

— Eu também — sussurro de volta. — Mas estamos fedidos e usando roupas de estranhos. — E sandálias. Opa, deixei minhas pantufas na casa de Branca de Neve. Adeus, pantufas. Sentirei saudades.

Jonah olha para baixo e vê a roupa muito apertada que veste.

— É mesmo.

— E acho que se deitarmos na cama com eles, eles vão se assustar. — Fecho a porta do quarto dos meus pais e sigo para o meu.

— Boa noite — diz Jonah, vindo atrás de mim.

— Bom dia — respondo, e dou um abraço nele. — Vou sentir falta dos seus pés na minha cara.

Ele ri, e eu peço que fique em silêncio.

Quando entro em meu quarto, tiro as roupas sujas e as jogo dentro do cesto. Chuto os sapatos de Branca. Pego pijamas limpos e me deito. Tenho trinta minutos antes de meus pais me acordarem. E pretendo usufruir deles.

Capítulo vinte e três

Talvez as histórias *possam* mudar

— Acordem, crianças! — ouço. — Hora de ir para a escola!

Abro os olhos. Estou na minha cama.

Isso! Estou em casa! Estou em casa! Meu relógio e o alarme marcam sete da manhã.

Não consigo evitar o pensamento: será que foi tudo um sonho?

Corro até o cesto de roupa suja. A saia e a blusa de Branca de Neve estão emboladas ali. As sandálias dela estão ao lado da cômoda. Aconteceu! Aconteceu DE VERDADE!

Olho para cima e vejo minha caixinha de joias em cima da penteadeira. Ah, Branca de Neve ali! Espere um minutinho, ela está com uma roupa diferente. Ela está com... meu pijama verde-limão! Ai meu deus! Mudamos mesmo a história!

Corro até o quarto de Jonah. O relógio deve estar verde, mas ele está dormindo profundamente. Puxo suas cobertas.

— Aconteceu! Aconteceu DE VERDADE!

— Cansado — resmunga ele. Então abre um olho. — É claro que aconteceu. Por que não teria acontecido?

Desço as escadas correndo. Mamãe e Papai estão na cozinha. Bebem café e folheiam o jornal. Jogo meus braços ao redor dos dois.

— Eu amo vocês! — Espero que eles não precisem dos livros de Direito por um tempo. Nem da cadeira do computador.

Minha mãe me dá uma tigela com cereal. Oba! Como senti falta dessas delícias de marshmallow! Oba! Nada de mingau nojento!

Jonah chega correndo na cozinha e grita:

— Mamãe! Papai! Adivinhem só? Eu e Abby nadamos com crocodilos voadores! — Ele desliza para uma cadeira. — Legal, né?

Abaixo a colher cheia de cereal e dou uma olhada nele. O espelho pediu que guardássemos segredo. Não que eu queira mentir para meus pais. Mas e se isso os colocar em perigo? E se contar colocar a *todos* nós em perigo? Terei que repreendê-lo mais tarde.

— Parece muito legal, Jonah — diz meu pai, piscando pra mim. É claro que ele não acredita no meu irmão.

— Uau, Jonah — diz minha mãe. — Você está meio sujo. — Ela me olha. — Você também, querida. Vocês não tomaram banho ontem à noite?

Meu irmão assente.

— Eu tomei, mas...

— Estávamos procurando uma coisa no porão — digo, me intrometendo. — E lá estava bem empoeirado.

— Vocês encontraram? — pergunta minha mãe.

— Ah. Hum. Não — digo. — Mas achamos outra coisa legal.

— Está muito bagunçado lá embaixo — diz meu pai. — Devíamos doar algumas coisas.

Cof, cof.

— É, hum, não está tão bagunçado assim. — Não mais.

— Bem — diz minha mãe. — É melhor vocês dois tomarem banho antes de irem para a escola. Abby, você primeiro. Rápido, tá?

Como o restante do cereal e abraço mamãe com força.

— Estou tão feliz por estar aqui — digo.

Meus pais trocam um sorriso.

— Ficamos felizes por ouvir você dizer isso — diz meu pai. — Sei que a mudança foi difícil para você... Coisas novas podem ser difíceis. Mudar pode ser difícil.

— Vou ficar bem — digo.

Mudar *é* difícil. Mas nem sempre é ruim. Branca de Neve, por exemplo. A história dela é diferente agora, mas ainda é uma boa história.

E Smithville é outro exemplo. Ainda é nossa casa. Só que é uma casa diferente.

E pique-congela ainda é um tipo de pique, só que um pouquinho diferente.

Tá, tudo bem. Pique-congela ainda é estranho, mas talvez seja divertido. Vou ter que experimentar de novo.

Meu pai aperta meu ombro.

— O que você quer para o almoço, querida? Sanduíche de banana com manteiga de amendoim?

Qualquer coisa que não seja cozido.

— Sim! — digo, assentindo. — Mas corte a banana, não amasse.

— Claro!

Estou disposta a experimentar novas coisas, mas um mingau de banana com manteiga de amendoim é nojento, independentemente de como for feito.

Subo as escadas para tomar uma chuveirada e escovar meus dentes imundos. Nem me lembro quando foi a última vez que usei uma escova de dentes. Mas, no caminho, ouço um som estranho e paro à porta do porão.

— *Aaaaaaabbbbbyyyyyy...*

Chamaram meu nome? Devo descer as escadas e ver o que está acontecendo? Seria Branca de Neve? Ela está tentando me dizer alguma coisa? Seria Gabrielle? Ou Maryrose? Onde está Maryrose? Em nosso espelho?

Estou prestes a abrir a porta quando vejo minha mãe vindo pelo corredor.

— O que está fazendo? — pergunta. — Vá se arrumar. Não quero que se atrase.

Solto a maçaneta.

À noite, decido. À noite vou descobrir por que o espelho em nosso porão nos levou para dentro de um conto de fadas.

Shhhhhhh.

Hoje à noite, com certeza.

Agradecimentos

Obrigada, obrigada e obrigada a: Laura Dail, Tamar Rydzinski, AnnMarie Anderson, Abby McAden, Debra Dorfman, Becky Shapiro, Jennifer Black, Lizette Serrano, Becky Amsel, David Levithan, Elissa Ambrose; Tori, Carly e Carol Adams; E. Lockhart; Lauren Myracle; Avery Carmichael; Courtney Sheinmel; Tricia Ready; Emily Bender; Aviva Mlynowski; Louisa Weiss; Larry Mlynowski; Targia Clarke; Anojja Shah; Lauren Kisilevsky; Susan Finkelberg-Sohmer; Judy Batalion; John e Vickie Swidler; Shari e Heather Endleman; Leslie Margolis; Meg Cabot e BOB.

Ainda mais amor e beijos para Chloe e para meu marido, Todd.

Este livro foi composto na tipologia ITC Berkeley
Oldstyle Std Medium, em corpo 11,5/16, e impresso
em papel off-white no Sistema Digital Instant Duplex
da Divisão Gráfica da Distribuidora Record.